JN282304

鳥籠荘の今日も眠たい住人たち 4

壁井ユカコ
Yukako Kabei

イラスト／テクノサマタ
Samata Techno

Contents

design/Yoshihiko Kamabe(ZEN)

Welcome to

Hotel Williams Child Bird.

〈病棟にてⅠ〉

あなたも点滴ですか。どうもどうも、お互い退屈ですねえ。一時間ばかりこうしてやっかいなチューブにつながれていないといけませんからね。

え？　一時間もかかるのかって？

ああ、あなた点滴ははじめてですか。そうですかあ。僕なんて点滴に関しては百戦錬磨《ひゃくせんれんま》、いわば点滴のプロですよ。いや、点滴するプロじゃなくて点滴されるプロですけどね。何かわからないことがあったら訊《き》いてください。

点滴も少し慣《な》れたらこうやって点滴台をごろごろさせて自由に院内を散歩できますし、うまくチューブを取りまわせばトイレのときに針が引《ひ》き攣《つ》れるなんてこともなくなりますしね。あ、血が逆流したときの対処方法なんて教えときましょうか？　そういうときはチューブのここのつまみをですね……あイタっ、なんですか、いきなり後ろからぶたないでくださ……うわ、師長さん、これはどうもごきげんよう。はいはい、今日はだいぶ調子《ちょうし》がいいです。見てのとおり歩きまわれるようになりましたしね。

いやあ、患者が勝手につまみを調節するなって怒られちゃいました。逆流したら自分でなんとかしようとしないでおとなしく看護師《かんごし》さんを呼びましょう。

あなた、病棟はどちらですか？　ああ、僕は内科です。食中毒でしてね。食中毒で入院するのは十二回目……十三回目だったかな。十回を超えてからちゃんと数えなくなっちゃって。いやいや、食あたりとかじゃないんです。ちょっとばかり妻に毒を盛られまして。正確《せいかく》には毒物中毒になるんですかね。

え、よく聞き取れませんでしたか？

ちょっとばかり妻に毒を盛られまして。

何、そんな二時間サスペンスドラマみたいなことが実際にあるのかって？

いやだなあ、事実は小説よりも奇なりって言うじゃないですか。

物語の中で起こり得ることが現実世界で起こり得ないなんてことがあるでしょうか？〈現実《リアル》〉と〈非現実《ファンタジイ》〉とは鏡映《かがみうつ》しのようにごく近しい場所に存在しているものだとは思いませんか？　鏡に映らないものがないように、〈非現実〉の現象が〈現実〉では起こり得ないなどと誰《だれ》が証明できますか？

そうですね、では点滴が終わるまでの時間潰《つぶ》しにでも、ひとつお話ししましょうか。

とある建物にまつわる話です。

病院につきものの怪談《かいだん》なんかよりもよほど奇妙で、不可解で、身の毛もよだつ恐ろしい話になることでしょう。ああ、怪談が苦手《にがて》でも大丈夫。お化けはでてきません。まあお化けよりも生きている人間のほうがたいがい恐ろしいものですが。

ちょうどこの点滴が一滴ずつ、ぽったり、ぽったりと滴《したた》って血管へと吸いこまれ、やがてあなたの身体《からだ》全体に行き渡るように、その建物はどこからか染みでる陰気な湿気と、そして〝狂気〟に常に支配されている。

その建物の名称は、ホテル・ウィリアムズチャイルドバード――。

Kanoko Yamada & Papa

第1話　Father's Style ～エビフライと華乃子の場合

豚コマ一〇〇グラム七八円、マル。卵一パック九八円、マル。ほうれん草一束九八円、マル。鮭《さけ》切り身一パック三〇〇円、マル……。

「山田《やまだ》さん」

サラダ油、ツナ缶……重たくなりすぎるかしら。重たいものはパパがお休みの日にお買い物を頼むとして、でも今日の特売品のツナ缶五缶パック二九八円を逃すのは惜しいかも。それからミルクと洗剤も買っておかないと……。

「山田さん……山田さん？」

「は、はいっ」

競馬《けいば》新聞よろしく赤ペン片手にチェックしていたスーパーのチラシを慌《あわ》ててノートの下に突っこんだ。教壇《きょうだん》に立つ相田《あいだ》先生とクラスメイト全員の視線《しせん》が廊下側一列目、前から四番目の華乃子《かのこ》の席にいつの間にやら集まっていた。

「じゃあ山田さん、次の文章、読んでくれる？」

「はい、えと、ごんはひとりぼっちの子狐《こぎつね》で……」

「そこはもうやりましたよ？」

「え？　え、えと……」

教科書を摑《つか》んでぱらぱらめくるも授業がどこまで進んでいたのか当然わからない。

「……山田さん。授業中は先生の声に集中してくださいね」

相田先生が溜《た》め息《いき》をつく。肩をすぼめる華乃子の耳に、教室のところどころから女の子たちの意地の悪いくすくす笑いが聞こえた。頭をさげたままちらりと見ると何人かの女子が教科書で顔を隠したりした。

「いいわ。じゃあ横山《よこやま》さん、読んでください」

「はい」

相田先生に切り捨てられたような気がして、華乃子はしょんぼりと席に座りなおした。慌てて突っこんだチラシの端っこがノートの下から覗《のぞ》いていた。……だって、と心の中で毒づいた。本日限りの特売で、ツナ缶が五缶で二九八円なんだもの。鮭の切り身が三〇〇円なんだもの。洗剤だってなくなりそうなんだもの。今自分を笑った女の子たちは授業中にそんな問題で頭を悩ませたことなんてないのだろう。

唇を引き結び、机の下でスカートの裾《すそ》を握りしめた。

山田華乃子、小学校三年生。デパートの屋上の遊園地に勤務するパパと二人暮らし。ママのことは憶《おぼ》えていない。お気に入りの靴はつま先の赤いエナメルが剝《は》げてきていたけれどまだ大事に履《は》いている。着古した洋服は自分で仕立てなおしてデザインを変え、同じ服ばかり着ていると思われないように工夫している。

当面頭を悩ませている問題は、今月をいかにやりくりするか。

放課後《ほうかご》、一人で帰ろうとした華乃子を「山田」と呼びとめる声があった。教室に残っていた女子グループがざわっと殺気だった。

加地《かじ》梢太《しょうた》くん。サッカークラブ所属で女子に人気のある男の子だ。最近になって華乃子はけっこう加地くんと話すようになった。しかし今日は一刻も早くスーパーに駆けつけたいところなのでランドセルを背負いながらおざなりに答えてしまう。

「何?」

「あのさ、今度母さんが遊びに来てって。この前のお返しに」

「ありがとう。じゃあわたし、急ぐから」

「あっ、山田?」

再度呼びとめられて華乃子はちょっぴり苛《いら》ついて振り返った。もう、早く行かなきゃ特売品が売り切れちゃうかも。

「なあに?」

「えっと、いや……」

華乃子の苛立ちを知ってか知らずか加地くんは何やらもごもご言いよどんでむにゃむにゃ唇を動かして、

「一緒に帰ら……ねえ？」

なんだか不機嫌《ふきげん》そうに、眉根《まゆね》を寄せて華乃子のほうを睨《にら》むみたいにして。

「でもわたし、お買い物して帰らないといけないから」

「じゃあ買い物手伝《てつだ》うよ。山田一人じゃ持つのたいへんだろ？」

「でも……」

「梢太あ」

と、廊下から運動着姿の男子が加地くんを呼んだ。「練習行くぞー」「お、おう」うろたえたふうに加地くんが答える。サッカークラブの仲間が呼びに来たのだ。

「練習あるんでしょ？　じゃあわたし、帰るね」

なんだかんだとはっきりしない理由をつけて呼びとめる加地くんを華乃子は不審《ふしん》に思いつつ小走りで教室をでた。

変なの、加地くんってあんな挙動《きょどう》不審な男の子だっただろうか。

まあとにかく今は加地くんのことを考えている暇《ひま》はない。クラスの女子たちから浴びせられる冷たい視線《しせん》も、気にならないと言えば嘘《うそ》になるけど気にしている暇はない。

何故《なぜ》なら最近の華乃子は節約の鬼なのである。買いたいものがあるのだ。憧《あこが》れのドラム式洗《せん》濯乾燥機《たくかんそうき》……電器屋さんの店頭で見たのだけど、高いのだよね、あれ……。でもやっぱり憧れてしまう。お天気を気にしないでお洗濯できるし、洗濯物を干す手間が省《はぶ》けるし、そうしたらその時間で靴にエナメルを塗りなおしたり洋服のリフォームをしたり、パパの好きなお魚さん型のクッキーを焼いたり。

ああ、想像しただけで胸が高鳴る。真っ白でぴかぴかでどっしりとして力強いあの最新式家電製品がおうちにやってきたらどんなに素敵《すてき》なことだろう。

§

華乃子のパパは普通《ふつう》のパパと少し違う。

パパは人より口下手《くちべた》で喋《しゃべ》るのも遅い。好きな食べ物は魚と甘いもの。丸いものやふさふさしているものに目がなくて、目の前を毛糸玉が転がっていったりすると追っかけて飛びついてじゃれつきはじめる。油断すると華乃子が大事に飼っている金魚を襲《おそ》おうとする。特技はネズミを捕まえること。

ピンと立った三角耳、ぴくぴく動く長いヒゲ、アーモンド型の大きな瞳《ひとみ》、歩くリズムにあわせてひょいひょいと左右に揺れるふっさりした尻尾《しっぽ》に、ピンク色のぷにぷにの肉球。白い身体《からだ》に黒と茶色のブチ模様《もよう》の、華乃子のパパは、大きな大きな三毛猫《みけねこ》の着ぐるみである。お母さんがいない理由を華乃子は知らないが、捕まえてきたネズミを食卓に置いて「褒《ほ》めて?」みたいな誇らしげな顔をするちょっと困った着ぐるみのパパに愛想《あいそう》を尽かして逃げてしまったのではないかと思っている。

　とにかく山田家にお母さんはおらず、パパと華乃子の二人暮らしだ。

　パパが働くデパートのお休みは毎月第三月曜日だけ。だから華乃子は仕事帰りのパパのために晩ご飯をこしらえる。

　駅前のスーパーで特売品を上手《じょうず》に買いこみ、ツナ缶もサラダ油も結局我慢《がまん》できなくて買ってしまい、重たい買い物袋をえっちらおっちら運んで帰ってくると、さっそく今晩のおかず作りに取りかかった。安かった鮭《さけ》を炒《い》ってお酒とお塩で味つけをして鮭フレークにする。これを炊《た》いたご飯と混ぜると簡単《かんたん》な鮭ご飯になるのだ。それからやっぱり安かったほうれん草、ツナ、卵はフライパンでまあるく焼いてスパニッシュオムレツ風に。大きいお皿に切らずに盛りつけて、ケチャップでお魚さんの絵を描《か》いて。お味噌汁《みそしる》と小鉢をつけても一人前一五〇円といったところ。鮭フレークの残りは空《あ》き瓶《びん》に詰めて冷蔵庫《れいぞうこ》で保存できる。

　ドラム式洗濯乾燥機《せんたくかんそうき》の夢に一歩前進。今日浮いたぶんのお金をブタさん型の貯金箱にちゃりんと落とした。

　しかし晩ご飯が完成する時間になってもパパは帰ってこなかった。

（遅いなあ、パパ……）

　だいぶ怪しい駆動音《くどうおん》を立てるようになってきた古い二槽式《にそうしき》の洗濯機に洗濯物を放りこみ、夕食の準備を整《ととの》えたダイニングテーブルで宿題をはじめてもパパはまだ帰ってこない。洗濯物を洗濯槽《せんたくそう》から脱水槽に移し替え、がっつんがっつんとかなりあり得ない音でもって胴体を震《ふる》わせて脱水がはじまった頃《ころ》、玄関先の電話がリィン、リィンと甲高《かんだか》く鳴った。華乃子はバスルームを飛びだして電話のところに駆《か》けていった。今どきじーこじーことダイヤルをまわす方式の黒電話だ。壊《こわ》れかけの洗濯機《き》と同じくこれもかなり動作が怪しいときがある。

「もしもし、パパ？」

『うん。華乃子かい』

電話口から聞こえた声に心がぽうっとあったかくなった。

「遊園地、もう終わってる時間よね？　ご飯できてるよ。今日はスパニッシュオムレツにお魚さんをね……」

『今日は遅くなるから、ご飯、食べててくれるかい？』

けれどそれを聞いた途端《とたん》、心はまたきゅうっと冷たくなった。

『職場《しょくば》の人とお話があってね』

「どうしたの？　お仕事で失敗しちゃったの？」

『ん。そうじゃないんだ』

『もしもし。華乃子ちゃんかな。こんばんは』

パパの声が遠くなり、突然別の男の人の声が割りこんできた。

「こ、こんばんは……」

怖《お》じ気《け》づきつつ華乃子は答える。知っている人の声だ。パパの職場の偉い人。デパートの部長さんだったと思う。やっぱりパパが仕事で何かミスをしたのではないかと華乃子はますます心配になって蒼《あお》ざめた。お客さんにネズミの帽子をかぶった子がいて、興奮《こうふん》したパパがかぶりついて怪我《けが》させちゃったとか……どうしよう、確《たし》か人に咬《か》みついた犬や猫って保健所に送られちゃうんじゃなかったかしら。いやパパは犬猫じゃなくてパパなのだけど。

「すみません、パパがたいへんなご迷惑《めいわく》を……でもお願《ねが》いです、保健所だけは」

『ん？　何を言ってるんだい？　今日はパパに大事なお話があってね、ちょっとパパを借りてもいいかな。華乃子ちゃんにもきっと嬉《うれ》しいお話になるよ』

部長さんはたいそうご機嫌《きげん》そうにがははと笑った。よくわからないがどうやらパパが保健所送りになるような事態ではなさそうだ。飲み屋さんかどこかのようで電話口の向こうはがやがやと賑《にぎ》やかだった。

『すまないね、華乃子。ご飯、一緒に食べられなくて』

とりあえず安堵《あんど》する華乃子の耳にパパの声が再び聞こえた。

「……ううん、わたしは平気。大事なお話なんでしょ？　これもお仕事だものね。それにそう、今日のおかずは手抜きしちゃったから、気にしないで」

『ん。なるべく早く帰るよ』

電話が切れて飲み屋さんのざわめきが耳から消えると部屋の中まで急に静かになったような

気がした。脱水が終わっておんぼろ洗濯機《せんたくき》が沈黙《ちんもく》し、実際静かになっていたのだけど。電話機の隣《となり》に置かれたまあるい金魚鉢のガラス越しに、でっぷりした赤い金魚が気遣《きづか》わしげな顔でこっちを見ていた。

「今日は華乃子と〝ママ〟の二人だけだね」

話しかけると、しかし金魚の〝ママ〟は薄情《はくじょう》にもすいっと躯《からだ》をくねらせて尾びれをこっちに向けてしまった。

洗濯物を浴室に干してから、一人で食卓についた。スパニッシュオムレツはすっかり冷めていたが自分一人のために温めなおすのも面倒《めんどう》で、冷たいままのオムレツを三分の一ほどとご飯とお味噌汁《みそしる》をぼそぼそと食べた。一人で食べるご飯はぜんぜんおいしくなくて、自分の料理の腕が鈍《にぶ》ったのだろうかと思った。こんなのをパパに食べさせずに済んでよかったのだ。捨てようと思ったもののもったいない心が働いて、オムレツの残りはとっておくことにした。天津丼《てんしんどん》風に作り替えて明日の朝ご飯にしよう。

ケチャップで描《か》いたお魚さんはラップをかけると跡形もなくぐちゃぐちゃになってしまった。パパがよろこぶ顔、見たかったんだけどな……。考えないようにして冷蔵庫《れいぞうこ》にしまった。

ご飯を済ませ食器を洗って、宿題の続きを再開した。パパはなかなか帰ってこなかった。算数の問題を一問解いてはそろそろ帰ってくるかなと時計を見あげたが長い針はぜんぜん進んでいなくてそのたびにがっかりした。一時間に六十回くらいがっかりしたかもしれなかった。

宿題を広げたままテーブルに突っ伏していつの間にか眠っていた。ふわりと抱きあげられてふかふかの毛並みが頬《ほお》に触れ、目が覚めた。

「パパ……？」

「ん」

琥珀色《こはくいろ》の大きな瞳《ひとみ》がすぐ近くにあった。「おかえりなさい」華乃子はパパの太い首に両手をまわしてしがみついた。部屋は薄暗《うすぐら》く、窓灯《まどあか》りを反射してパパの瞳が精巧《せいこう》にカットされた宝石のいろんな面を映《うつ》すようにきらきら光る。

「遅かったね」

「ん。ご飯は食べたのかい？」

「食べた」

お魚の絵は潰《つぶ》れてしまったけど。

「パパ、お酒臭い」

毛並みに鼻を押しつけて華乃子は顔をしかめた。お酒のにおいが濃《こ》く染みついている。パパは家ではお酒を飲まない。お酒を飲むパパは華乃子が知っているパパとは違うパパのような気がした。

「お風呂《ふろ》は入ったかい？」

「まだ」

「一緒に入るかい？」

「明日にする」

きれい好きの華乃子がお風呂《ふろ》を面倒《めんどう》くさがることなんて普段《ふだん》はないのだけど。パパは抱っこした華乃子の背中を優《やさ》しく叩《たた》いて「ん」と頷《うなず》き、華乃子をベッドに連れていった。

「パパ、お話して？」

華乃子を寝かせただけでパパがそばを離《はな》れていってしまうので、華乃子はベッドの中から呼びとめた。尻尾《しっぽ》を揺らしてパパの背中が振り返り、

「お話？」

「百万回生きた猫のお話がいい」

「なんだい、小さい頃《ころ》よく読んだお話じゃないか。華乃子、もう憶《おぼ》えてしまっただろう？」

「いいの。お話して欲しいの」

パパの大きな手を握って引っ張る。「おやおや、へんだなあ、今日の華乃子は甘えん坊さんなんだな。まるで小さい子みたいだよ」喉《のど》をごろごろ鳴らしておかしそうにパパは笑い、のそりとベッドに入ってきた。ベッドが急に狭くなったけどパパが隣《となり》にいるとあったかい。今日はお酒臭いけどいつもはひなたの匂《にお》いがする。

華乃子の呼吸にあわせるように、ぽん、ぽん、と華乃子の腕を叩きながら、のんびりした口《く》

調《ちょう》でパパは話しはじめた。ときどき喉がごろごろ鳴るパパの低いゆったりした声が〝百万回生きた猫〟の生涯《しょうがい》を語る。まどろみながら華乃子は瞼《まぶた》の裏で主人公の猫の姿にパパの姿を重ねた。華乃子の中でそのお話は、百万回の壮絶な生と死を繰《く》り返したパパが主人公の物語に変換される。パパは華乃子のお話の主人公。かっこいいヒーローなのだ。

パパ、大好き……。

パパの肉球に自分の小さな手を乗せて眠りについた。

§

翌朝華乃子が目を覚ましたときにはパパはもう起きており、狭いキッチンの隙間《すきま》に大きな身体《からだ》を押しこんでスクランブルエッグをこしらえていた（スパニッシュオムレツの残りに気づかなかったようで新しい卵を割っていた。もったいない……）。

「どうかしたの、パパ」

寝間着《ねまき》姿のまま華乃子は目を丸くした。パパが早起きして朝ご飯をこしらえるなんて、今日は華乃子の誕生日《たんじょうび》だっただろうか？

「ん？　なんでもないよ。朝ご飯の支度《したく》はパパにまかせて、華乃子はお風呂に入っておいで」

フライパンを振りながらパパはふんふんと調子のはずれた鼻歌なんか口ずさみ、フライパンに厚切りベーコンを二枚放りこむ。油がはじけてじゅうっと景気のいい音がする。

パパにお料理をさせたら材料を手に取った端からつまみ食いしてしまうので安心してまかせることもできないんだけど……案の定こんがり焼けたベーコンが一枚さっそくパパの口の中に消えていった。むしゃむしゃと咀嚼《そしゃく》して満足げに「ん」と頷《うなず》くパパ。ベーコンは二切れしか残ってなかったんだけどなあ。最後の一枚を二人で半分コすることになりそうだ。……と思った矢先、もう一枚もぺろりとパパの口へ。……今朝《けさ》は華乃子のベーコンはなしだ。自分のベロみたいに口の端から垂れた赤いベーコンをちゅるりとすすってパパはトースターに食パンを二枚セットする。

華乃子は眉根《まゆね》を寄せてじっとりとパパを睨《にら》んだ。パパの鼻歌は華乃子に何かごまかしたいことがあるときの癖《くせ》だ。早起きして朝ご飯をこしらえるのも怪しい。いまいち心ここにあらずという感じのこの態度も。

「パパ」

声色《こわいろ》を低くしてパパを呼んだ。

「ちょっと手をとめて、ここに座りなさい、パパ」

ダイニングテーブルを平手で叩《たた》くと、パパは渋々《しぶしぶ》という感じでコンロの火をとめ、ダイニングの椅子《いす》にお尻《しり》を押しこんで腰かけた。華乃子が腕組みをして正面に立つと落ち着かなさげに左右に視線《しせん》を泳がせる。「パパ」もう一度呼ぶとパパはしゅんと三角耳を伏せた。

昨日の夜と立場はすっかり逆転。パパは百万回生きた誇らしい猫の座から一夜にして転げ落ち、今朝はと言えば〝トムとジェリー〟にでてくるいたずらっこで性悪《しょうわる》でドジな灰猫、トムみたいな感じ。

「パパ、何かわたしに隠してることがあるわね？」

ふるふるとヒゲを震《ふる》わせて首を振るパパ。

「正直に言ったら許してあげないこともないわ。また壁《かべ》で爪《つめ》を研《と》いじゃったの？　ネズミを追っかけて棚を壊《こわ》しちゃったの？」

「壁に傷はつけていないよ。棚を壊してもいないよ」

「それじゃあ何をやらかしたの？」

重ねて問うとパパはだんまりを決めこんでまた首を振る。

「……パパ」

華乃子が声に凄《すご》みをきかせたとき、トースターがチンと音を立てて、きつね色に焼けたトーストが飛びだした。

「やあ、パンが焼けたよ。冷めないうちにご飯にしよう」

これ幸いとパパが修羅場《しゅらば》を離脱《りだつ》、ずんぐりむっくりの身体《からだ》を妙にせかせかと揺らしてキッチンに駆《か》けていったので、その話はそれまでになった。

「もう、パパったら」

パパがトーストにマーガリンとはちみつを塗《ぬ》っているあいだに（トーストに塗られた量の倍くらいのはちみつがパパの舌に舐《な》め取られて消費された）部屋の壁《かべ》や柱、家具などを確認《かくにん》したが、確《たし》かに傷をつけたり壊《こわ》したりした跡は見あたらず、訝《いぶか》しみつつも華乃子はパパの罪の追及を諦《あきら》めた。

ところがその後もパパの様子《ようす》のおかしな日々は続いたのである。

今まで華乃子がやっていた家事を自らやりたがるようになり、華乃子は遊んでいなさい、宿題をやっていなさいなどと言って家事から遠ざけようとする。とはいえ料理をしたらつまみ食いばかり、洗濯《せんたく》をしたら取りこんだ洗濯物に埋もれてお昼寝、掃除《そうじ》をしたら毛埃《けぼこり》の塊《かたまり》が風に舞《ま》って転がる様子に興奮《こうふん》して追いかけまわす、とパパの仕事はことごとく効率が悪く、華乃子は手をだしたくなってたまらない。ところが華乃子はいいからパパにまかせておきなさいと邪《じゃ》魔者《まもの》扱いされる。華乃子にしてみればむしろストレスが溜《た》まる日々である。

パパの挙動《きょどう》が不審《ふしん》になったのはどう考えても、部長さんに呼ばれて帰りが遅くなったあの日以降だった。絶対に何かが怪しい。

パパが宝物を隠している場所がある。玄関の靴箱の下の十センチくらいの隙間《すきま》だ。拾ってきたゴムボールや毛糸玉、ツナ缶やサバ缶の蓋《ふた》のまわりをきれいに潰《つぶ》して缶バッヂみたいにしたやつ（これはパパのお気に入りのコレクションなのだ）……パパはこの宝物置き場を華乃子に秘密にしているつもりのようだが、ネズミの死骸《しがい》やお魚なんかの生ものを持ちこんでいたら困るので華乃子はときどきパパに黙《だま》ってここを掃除している。

パパがまだ仕事から帰っていないある日、こっそり靴箱の下を覗《のぞ》いてみた。パパが華乃子に隠しごとをしているとしたらここに手がかりがあるに違いない。

ダンボールの空《あ》き箱《ばこ》にゴムボールや缶バッヂなどパパの宝物がしまいこまれている。玄関先に溜まった毛埃にまみれたガラクタばかりの品々の中、白くてきれいな厚紙の台紙がついた冊《さっ》子《し》のようなものが違和感を放ちまくっていた。

（写真、かな……）

引っ張りだして息を吹きかけると埃がむわっと舞った。

「けほけほっ……パパったら……」

毒づきながら、二つ折りになった台紙を開いてみる。

金箔《きんぱく》で縁取《ふちど》られた一枚のカラー写真が貼《は》ってあった。

和服姿の若い女の人が一人。洒落《しゃれ》た椅子《いす》に腰かけて、はんなりとした感じで微笑《ほほえ》んでいる。埃っぽい場所にしまわれていたが写真はまだ新しい。

（これって……）

リィン、リィン、リィン！

頭のすぐ上でけたたましくベルが鳴り響《ひび》き、考えに沈んでいた華乃子は思わず軽く跳びあがった。

「びっくりさせないでよ、もう」

飛びだしかけた心臓《しんぞう》を押さえつけるように胸の前で写真を抱え、靴箱の上の電話に向かって文句を言いつつ受話器を掴《つか》む。金魚鉢の中の金魚だって目をまんまるにしてびっくりしている。金魚はもともと瞬《まばた》きしないけど。

「もしもし、山田です」

『こんばんは、華乃子ちゃん？　パパは帰ってないかな』

「パパはまだですけど……」

デパートの部長さんだと声ですぐにわかった。電話の向こうはまたどこぞの料理屋さんのようで、ちゃんかちゃんかと典雅《てんが》な弦楽器の音楽が聞こえてくる。

『そうかい。じゃあまたあらためて……ああ、華乃子ちゃんも写真、見たかい？』

「写真……？」

胸の前で抱えた写真に視線《しせん》を落とす。和服の若い女の人の写真。おめかししてちゃんとした写真屋さんで撮《と》ってもらった感じの……。

『どうだい、きれいな女の人だろう？　先方も再婚なんだけど、学歴もいいし、何よりとても家庭的で優《やさ》しい人なんだよ。山田くんは勤勉で実直な青年だし、僕も自信を持って先方に推薦《すいせん》できる。日曜日のお見合い、もちろん華乃子ちゃんも一緒に来るといいよ。華乃子ちゃんのお母さんになるかもしれない人だからね』
写真を見つめる華乃子の耳に部長さんの声が一方的に流れこんでくる。いくつかの単語が頭の中の漁網《ぎょもう》に引っかかって、残りは部長さんのご機嫌《きげん》な笑い声と一緒に頭の右から左へ通り抜けていった。
再婚。お見合い。お母さんになるかもしれない、人……。

それから少ししてパパが帰ってきたとき、華乃子はとっさに写真を自分のランドセルの中に隠した。どうしてそうしたのか自分でもよくわからない。パパ、この女の人とお見合いをするの？――正面切って訊《き》けば済むことなのに何故《なぜ》だかそれができなかった。

パパは華乃子がお見合い写真を見つけてしまったことなんかに気づいたふうもなく、その日も自ら進んで晩ご飯をこしらえた。パパのレパートリーは少ないので一昨日《おととい》と同じメニューだったけど。

パパが作るお味噌汁《みそしる》は華乃子に言わせるとニボシのダシがききすぎている。というかダシ用のニボシがそのまま入っている。ご飯にお味噌汁をぶっかけてニボシも一緒に美味《おい》しそうにかじるパパはお見合いの話を華乃子に切りだす素振りも見せなかった。

ランドセルに突っこんだ写真の女の人の顔がずっと頭にちらついていた。

パパはあの写真の人とお見合いをする気なの？　パパは新しいお嫁《よめ》さんが欲しいの？　パパ

はどうして華乃子から家事を取りあげたの？　パパは、パパは……。

「華乃子、食欲がないのかい？」

猫まんまをかっこんでいたパパがヒゲをひくつかせて訊《き》いてきた。

「なんでもない」

答えて華乃子はとまっていた箸《はし》を動かす。しかし喉《のど》に何かがつっかえてご飯はなかなか胃に落ちていかなかった。飴玉《あめだま》を丸ごと呑《の》みこんでしまったみたいな違和感が喉のところにつっかえていて、お味噌汁《みそしる》で押し流そうとしてもそれがどうしても溶けていかない。

パパのご飯は今までずっと華乃子が作ってきた。パパの洗濯物《せんたくもの》は華乃子が洗ってきた。パパと一緒にお風呂《ふろ》に入るのもパパと一緒のお布団《ふとん》で眠るのも華乃子だけの特権だった。

パパはそれらの特権を華乃子から取りあげて、新しいお嫁さんにそれを与えて。

そうしたら……華乃子の〝意味〟が、なくなってしまう。

浅井《あさい》有生《ゆうせい》に宿題を教わってくるとパパに言い、ご飯が終わってから勉強道具を持って部屋をでた。ノートとドリルのあいだにあの写真を挟んで持ちだした。

浅井有生は同じホテルの五階に住んでいる大学生で、といっても行っているのは美術大学で算数とかはぜんぜんアテにならないので宿題を教わるというのは口実だ。相談《そうだん》できる相手といったら浅井有生しか思いつかなかったのだ。

三階から五階まで階段で上り、五四六号室のドアの前で呼《よ》び鈴《りん》を鳴らした。ちりりんとアンティークな鈴の音が鳴る。しかし少しして戸口に姿を見せたのは、この部屋の借り主の青年ではなかった。

衛藤《えとう》キズナ——四階の住人だ。腰まで届く赤茶色の髪、細い脚にショートパンツとニーソックスを今日もかっこよく穿《は》きこなしている。反射的に対抗意識《いしき》を覚えて身構える華乃子を見おろして衛藤キズナはぱちくりし、「ああ」と頷《うなず》いて、部屋の奥を振り返った。

「小さいお客さんだよ。ロリコン画家」

「誰《だれ》がロリコンだ」

すかさず部屋の奥からぶっきらぼうな突っこみが返ってきた。奥のベッドに投げだされている長い脚が見えたが顔までは見えない。

「入れば？」

衛藤キズナに促《うなが》されたものの、何故《なぜ》衛藤キズナに我《わ》が物顔《ものがお》で入室を許可されないといけないのだと逆にむっとした。喉につっかえた塊《かたまり》が泥水《どろみず》を吸ったみたいにぐずぐずと膨《ふく》らんで息苦しさが増した気がした。

なんだろう、これ。胸が焼けたみたいにむかむかする。お見合い写真の女の人を見たときと同じ感情がまたぐるぐると渦《うず》を巻く。それはどろどろしていて醜《みにく》くて濁《にご》ったヘドロみたいなもので、喉《のど》のところにどんどん寄り集まって固まってくる。このままだとこの塊《かたまり》がどんどん喉を圧迫してご飯も喉を通らなくなって、そのうちきっと息ができなくなって死んでしまう。

自分の中の正体不明の感情を持てあまし、結局浅井の部屋に足を踏み入れることなく、きょとんとしている衛藤キズナの目の前で身をひるがえして走り去った。

「それはあれだねえ。嫉妬《しっと》だね」

喉につっかえた塊の正体は、別の相談相手によってあっさりと結論《けつろん》づけられた。一階のラウンジででくわした井上由起《いのうえゆき》だった。

「シット……？」

お昼のメロドラマでよく聞く単語である。

「華乃子は有生とキズナが一緒にいるのが気に入らないわけでしょ？」

「気に入らない……わ」

仏頂面《ぶっちょうづら》で華乃子は頷《うなず》く。ソファの上で組んだ脚の片膝《かたひざ》に頬杖《ほおづえ》をついて井上由起は優雅《ゆうが》に微笑《ほほえ》み、「それが嫉妬。まあ俺《おれ》も気に入らないけどね。あとで邪魔《じゃま》しに行ってやろ」優雅な仕《し》草《ぐさ》に反して下品な台詞《せりふ》を吐いた。

ラウンジのテレビの中では怪奇映画が流れていた（深夜の誰《だれ》も見ていないときとかでもこの

テレビは何故《なぜ》だかいつもついている。そしてたいてい怪奇映画が流れている）。閉鎖《へいさ》された洋館《ようかん》の廊下をヒロインが殺人鬼の気配《けはい》を感じて振り返りつつ振り返りつつ逃げている。部屋に逃げこみ、戸口に張りついて息を潜《ひそ》める。誰も追ってきていないことを確認《かくにん》し、ほっと息を抜いたとき、彼女の目の前に人影《ひとかげ》が——。

絹《きぬ》を裂くような女の悲鳴が背筋をぞくりと這《は》いあがり、身震《みぶる》いをしつつ華乃子はいったんソファを立ってチャンネルを変えてきた。それを待って由起が話を続ける。

「で、パパの隣《となり》に女の人がいることを考えたとき、同じようにそれが気に入らない。それも嫉妬」

お昼のメロドラマが自分の身に降りかかってくる日が来るなんて思ってもいなかった。ということはこのまま状況が進んだら華乃子は継母《ままはは》に憎まれて布団《ふとん》部屋に住まわされてメイドのようにこき使われて家に通ってくる新聞屋さんの青年に恋するんだけど青年は継母の愛人で二人の関係を知ってしまった華乃子は口封じのために継母に毒殺されそうになってしまう。

「まあ妄想はおいといて」

華乃子の深刻な身の危険を由起は軽く明後日《あさって》の方向に放り投げ、

「つまり華乃子はパパを独り占めしたいわけだ？」

「だって、パパはわたしのパパだもの……」

「山田さんにお嫁《よめ》さんが来たからって、山田さんが華乃子のパパをやめるわけじゃないでしょ。

お嫁《よめ》さんはパパを華乃子と取りあうわけじゃなくて、華乃子のお母さんになるんだよ？　再婚、いいと思うけどね、俺《おれ》は。ほら、こないだも山田さん、デートだったでしょ？」

「このあいだはパパ、フラれちゃったじゃない」

「一回すっぽかされたくらいでフラれたとは限らないさ。俺だってすっぽかされたことくらいあるしぃ。山田さんは紳士だしカッコいいし、その気になったらモテるだろうねぇ」

などと冗談《じょうだん》とも本気ともつかない感じで言ってけらけら笑う由起は華乃子を諭《さと》すどころか不安を煽《あお》って楽しんでいる気もする。

パパのお嫁さんになる人が、華乃子のお母さんになる……考えてみても実感がわかない。自分にお母さんができるなんて。物心ついたときから華乃子にお母さんはいない。パパと華乃子、家族はずっと二人だった。

「お母さん……って、どんなもの？」

訊《たず》ねると、由起は優雅《ゆうが》な笑《え》みを何やら微妙に凍りつかせた。

テレビの中からまたヒロインの甲高《かんだか》い悲鳴がこだました。……チャンネル、変えたはずなのに。いつの間にかまた怪奇映画のチャンネルに戻っている。今度は由起がソファを立ち、ダイヤル式の古いチャンネルをかちゃかちゃまわしてチャンネルを変える。無害な童謡《どうよう》の番組に切り替わったのを華乃子はしっかり確認《かくにん》する。

ソファに座りなおすと由起は変にわざとらしい咳払《せきばら》いなんかして気難《きむずか》しげな顔を作り、

「ま、うちのママたちを参考にするのはどうかと思うけど」

「ママってたくさんいるものなの？」

「普通は一人だねえ。うちは普通じゃないような気がするからね。でもまあいい母親たちだよ。いい母親がいる家庭ってね、足りないものがないんだよね。いい母親がいる家にはね、いってきますとただいまの声と、歯磨《はみが》き粉《こ》とトイレットペーパーが切れることがないんだよ」

「歯磨き粉とトイレットペーパー？」

「ないと困るもの。でもつい買い忘れがちなもの」

「なんとなくわかるような気はするわ」

とはいえ母親がどんなものなのかはやっぱりよくわからなかった。歯磨き粉もトイレットペーパーも、自慢ではないが華乃子だって切らしたことはない。いってきますとただいまの声だって途絶《とだ》えたことはない。パパと華乃子の暮らしに足りないものがあるとしたら、当面のところドラム式洗濯乾燥機《せんたくかんそうき》くらいのものだ。少なくとも〝お母さん〟は足りないものではないような気がした。

今たぶんきっと完璧《かんぺき》であるはずのパパと華乃子の暮らしに余計な〝お母さん〟が加わったら、華乃子がはみだしてしまう。〝お母さん〟は華乃子にとって歓迎《かんげい》すべきものとは思えなかった。

でもパパは、お嫁さんが欲しいのかな……。

女の人のか細い悲鳴がラウンジの空気を震《ふる》わせる。またしても勝手にチャンネルを変えたテレビの中で、くずおれたヒロインの首にチェーンソーが迫っていた。


次の日の朝も華乃子が起きるとパパは先に起きていて、窓辺で洗濯物《せんたくもの》を干していた。

「おはよう。ご飯にするから、顔を洗っておいで」

ご機嫌《きげん》でそう言うパパの手がぱちんぱちんと洗濯ばさみで飾りつけているのは華乃子のパンツだった。外から窓を見あげたら真っ白なカボチャパンツの一群が運動会で飾る国旗のごとくずらりと並んでさぞやまばゆくはためいていることだろう。

「きゃーっ」

悲鳴をあげて華乃子はパパの大きな背中に飛びついた。

「やだ、パパ！　下着は外に干しちゃだめえ！」

「でも今日はいいお天気だよ。ダニにもよく効くよ」

「華乃子のパンツにダニなんていないもんっ。もう、わたしがやるからパパはあっちに行って」

パパの手から洗濯物を引ったくって追っ払うとパパは手持ちぶさたっぽく渋々《しぶしぶ》窓辺を離《はな》れていったものの、華乃子が下着類を浴室に干して戻ってきたときにはダイニングテーブルでトーストにピーナッツバターを塗《ぬ》りながらトーストに塗る以上の頻度《ひんど》で舐《な》めていた。トーストにひと塗りしてはバターナイフをぺろり、ぺろりとふた舐め。ひと塗りしてはふた舐め。買っておいたばかりだったはずのピーナッツバターの瓶《びん》の中身はもう半分以上減っていた。

「パパにまかせておいたらはちみつもピーナッツバターもいくらあっても足りないわ！　いいからもうパパはなんにもしないで座ってて！」

「だめだよ、パパがやるから華乃子こそ座ってなさい」

「わたしが」

「パパが」

パジャマ姿の華乃子とパパと、ピーナッツバターの瓶を両側から掴《つか》んで双方譲《ゆず》らない。知らないうちに華乃子の目には涙がいっぱいに溜《た》まっていた。

ここ数日溜まっていたうっぷんがとうとう爆発《ばくはつ》し、華乃子の中から噴《ふ》きだした。

「もーお、パパはそんなに華乃子が邪魔《じゃま》なの？　華乃子のお仕事を取りあげて、お嫁《よめ》さんにぜんぶあげちゃうつもりなのね！」

パパが唐突《とうとつ》に手を放したので華乃子はピーナッツバターの瓶を掴んだままこてんと尻《しり》もちをつき、お尻をしたたか打ちつけた。「急に放さないでよ、パパ」文句を言いつつ起きあがると、パパは琥珀色《こはくいろ》の瞳《ひとみ》をびっくりしたように見開いていた。

「そのこと、どうして知ってるんだい……？」

戸惑《とまど》いがちにパパが訊《き》く。華乃子はぎゅうっと唇を引き結んでパパを睨《にら》みあげた。ピーナッツバターの瓶《びん》をテーブルに置き、ベッドサイドに駆《か》けていってランドセルの中からあのきれいな台紙のお見合い写真を引っ張りだしてきた。

「これ」

写真をパパに突きつける。

「ああ、見つかってしまったのか……。部長さんの紹介でね、とてもいい人らしいし、猫好きだっていうし……」

頭を掻《か》いてとってつけたように説明するパパはまんざらでもなさそうな感じで、そんな態度がますます華乃子には気に入らなかった。この写真は華乃子とパパのあいだに侵入してくる罪悪だ。侵略者だ。

写真を持つ手が細かく震《ふる》えた。

「こ、こんなきれいな人、パパとはつりあわないもん。美女と野獣《やじゅう》っていう感じだもの。パパ、自分の顔を鏡《かがみ》でよく見てみたほうがいいわ。パパなんか大顔で寸胴《ずんどう》で短足で、魚臭いし、いつも裸でネクタイしかしてないし、パパなんてかっこわるいもん。パパと結婚してくれる物好きな女の人なんて、いるわけないじゃない」

ひどいことを言った。ひどいことを言った。パパの耳とヒゲが悲しそうにしおれていく。わかってる。でも引っこみがつかない。

「そうだなあ。パパはかっこわるいもんなあ……」

しょんぼりと呟《つぶや》くパパの姿が華乃子を責めていたたまれなくする。喉《のど》に引っかかった塊《かたまり》がまたぐずぐずと膨《ふく》れあがって呼吸を圧迫する。むしろこのまま息ができなくなってしまえばいい。華乃子なんか死んじゃえばいい。華乃子の中に宿った〝シット〟の塊は思っていることとぜんぜん違うことを華乃子に言わせる。

違うの、パパ。パパは悲しまなくてもいいの。パパはかっこわるいけど、華乃子だけはパパが大好きだからいいの。パパは華乃子だけのヒーローだからいいの。だからだから、この家にはお嫁《よめ》さんもお母さんもいらないの。

……ああ、気づいてしまった。華乃子こそが新しく来た継母《ままはは》を疎《うと》んで毒殺しようとするメロドラマの醜《みにく》い悪役そのものまんまだ。

ということは、物語の最後で敗北して追放されるのは、華乃子なのだ。

§

その日の学校帰り、華乃子は戦場の前に立っていた。

午後四時二分。戦場は早くも修羅場《しゅらば》と化していた。ぎゅうぎゅうに詰めかけた主婦たちがどつきあい引っ張りあい引《ひ》っ掻《か》きあう。ほうぼうで甲高《かんだか》い悲鳴があがる。『さあさあ、四時からのタイムセール、国産特大ブラックタイガー詰め放題五〇〇円ポッキリ、なくなり次第終了です！』スーパーのはっぴを着た男の人が拡声器越しに喚《わめ》く声すら主婦たちの悲鳴に掻き消される。無数のチラシが群衆の足もとで踏《ふ》み潰《つぶ》され破かれる。

華乃子もタイムセールのチラシに目をつけ、学校からの帰路を遠まわりしてこの隣駅《となりえき》のスーパーに足を延ばしたのだった。

エビはパパの好物の一つだ。今日は特大エビフライを山盛りに作ろう。パパが帰ってくる前に今日は華乃子が晩ご飯をこしらえて、それで、パパにごめんなさいを言おう。エビフライを差しだして、華乃子を追いださないでくださいってお願《ねが》いしよう。今日は学校でそればかり考えていた。

しかし果たしてこの戦場に突入して無事目的のものを獲得《かくとく》して離脱《りだつ》することができるだろうか。敵はお尻《しり》の大きな百戦錬磨《ひやくせんれんま》の主婦たちである。

でもパパのエビフライのためには特攻するしかない。

唾《つば》を飲みこみ、目標をきっと見据えて、いざ戦場へと突入した。

……あえなく敗退した。

おばさんのお尻に突きとばされ、買い物袋の往復ビンタを食らい、あっちこっちから服を引っ張られもみくちゃにされ、戦場の前線《ぜんせん》に少しも近づけないまま華乃子はぼろぼろになって主婦たちのスカートの隙間《すきま》から這《は》いだした。新たな主婦たちがスクラムを組むみたいにして次々に突撃《とつげき》していき、華乃子が抜けた場所はあっという間に埋まっている。

「ま、負けないんだから……」

諦《あきら》めずに立ちあがる。ランドセルを前にしょいなおして楯《たて》にするように構え、全身に力をみなぎらせて、再び突撃──。

「きゃあああああああああああああ」

悲鳴とともに一人の女の人が爆弾《ばくだん》みたいにぼーんと集団から飛びだしてきて、お尻から華乃子のランドセルに激突《げきとつ》してきた。華乃子は再び突きとばされて尻もちをつくはめになった。

「痛《い》たたたた……」

ぶつかってきた女の人と華乃子と、お尻をさすって悶絶《もんぜつ》したあと、

「あら？」

と顔を見あわせた。

「まあ、華乃子ちゃん」

きれいなスーツの片袖《かたそで》を肩からちぎられ、パーマに失敗したみたいに髪をぼさぼさにし、ストッキングを伝線させハイヒールを片方なくし、なんだか必要以上にぼろぼろになった感のあるその女の人に、華乃子は会ったことがあった。

「加地くんのお母さん……？」

屈強な主婦たちとの戦いに敗北した二人は仕方なく輸入《ゆにゅう》ものの小振りのエビを購入《こうにゅう》して逃亡した。残念ながらこれでは特大エビフライは作れないけれど、「まあ大は小を兼ねるって言うものね」と加地くんのお母さんは言った。それってつまりなんの慰《なぐさ》めにもなってないのではないかしらと華乃子は思ったが突っこまなかった。

「梢太ももうすぐクラブから帰ってくると思うから、ゆっくりして待っててちょうだいね」

加地くんとお母さんが住むアパートメントはその駅のそばの住宅地にあった。ごてごてした西欧建築のホテル・ウィリアムズチャイルドバードに住んでいる華乃子にとっては逆に物珍しい、至極《しごく》シンプルな鉄骨造りのシンプルな1DKだった。

ダイニングの椅子《いす》にちょこんと腰かけ、人のおうちの匂《にお》いというものに違和感を覚えつつ華乃子は所在なげに周囲を見まわした。

ダイニングと寝室があるだけの手狭な住まいだ。寝室は畳の部屋で、襖《ふすま》の鴨居《かもい》にサッカークラブのユニフォームがかかっている。加地くんが小さい頃《ころ》に描《か》いたものだろうか、壁《かべ》にはクレヨンで〝ままありがとう〟という字と似顔絵が描かれた画用紙が貼《は》られている。華乃子の家にも同じように華乃子が描いたパパの似顔絵が飾ってあるのと重なった。家の匂いは違うけれど目につくものは華乃子の家とそれほど変わらず、なんだか不思議《ふしぎ》な感じがする。華乃子の家も加地くんのおうちも、片親と小学校三年生の子どもの二人暮らしなのだ。

……それはそれとして、さっきからキッチンののれんの向こうでがっちゃがっちゃという不《ふ》穏《おん》な音と「あひゃーっ」とか「あちょーっ」とかいう奇声が聞こえているのだがいったいキッチンで何が行われているのだろう。

黙《だま》って待っているのも手持ちぶさたで落ち着かず、

「あの……」

のれんの隙間《すきま》からキッチンを覗《のぞ》いた瞬間《しゅんかん》、べちゃっとしたものが額《ひたい》に貼りついてきた。生臭い。

「きゃっ」

一瞬びっくりしたが、エビだった。眉《まゆ》をしかめてエビを摑《つか》みつつ見ると、加地くんのお母さんはひっくり返ったボウルを鎧兜《よろいかぶと》みたいに頭にかぶって小麦粉まみれになった格好でエビと格闘《かくとう》していた。

「あ、あらやだ、ごめんなさいね。手が滑《すべ》っちゃって」

手が滑ったところでエビはなかなか空を飛ぶものではないと思う。

「あの、手伝《てつだ》います」

「あらあら、だめよう。華乃子ちゃんはお客さまなんだもの。このあいだごちそうになったお礼に今日はわたしがごちそうするわ。エビフライ好きよね？　梢太もエビフライ、好物なのよお」

エビフライを作っているような音ではなかった気がするけど……。キッチンは竜巻が通り過ぎたのかという惨状《さんじょう》だった。ボウルやバットがひっくり返り、調理台《ちょうりだい》も床《ゆか》も小麦粉やパン粉まみれ。……さらにたいへん恐ろしい現場を目撃《もくげき》してしまった。あろうことか加地くんのお母さんはエビを殻つきのままフライにしようとしていたのである。

「あの、エビフライのエビは殻を剝《む》いて脚を取って、こうやって包丁を入れて背わたを取って、それからお腹側《なか》に切り込みを入れて軽く叩《たた》いておくんです。そうするとエビが熱《ねっ》で縮《ちぢ》まないから。こうやって尻尾《しっぽ》を持って、小麦粉、卵、パン粉を順番に……」

見かねて華乃子は自ら調理台に立ち、説明しながらテキパキとエビを下ごしらえして衣《ころも》をきれいにつけていく。「あら、あら、あらあら、なるほど、ふんふん、すごいわあ」隣《となり》でお母さんがしきりと感心して相づちを打つ。

「タルタルソースもけっこう簡単《かんたん》に作れるんですよ。玉ねぎ、ゆで卵、ピクルスをみじん切りにして、マヨネーズ、レモン汁」

「……な、なにやっててん、の？」

割りこんできた声に顔をあげると、運動着をはおった加地くんが戸口ののれんを片手でまくって立っていた。

「おかえりぃ、梢太」

「おかえりなさい、加地くん」

「いや、ていうかなんで山田がうちにいるの？」

揃《そろ》って答えるキッチンの二人に加地くんは何やら急に赤くなってたじろいだふうに戸口からあとずさったりして、なんだか自分の格好が気になったのか運動着についた土をばたばたと払いはじめた。

「まあ梢太ったら、またそんな泥《どろ》だらけで帰ってきて。早く着替えて着替えて」

お母さんが戸口に駆《か》け寄っていって加地くんの運動着を脱がしにかかる。「わあ、やめろっ、脱がすなよっ」まくりあげられたTシャツに顔を覆《おお》われてもごもご加地くんが喚《わめ》く。お母さんの手を振り払って加地くんが逃げる。お母さんがスリッパを鳴らして追っかけていく。

「待ちなさあい、梢太、逃げたってむだよ」

「いいって、自分で着替えるからっ」

「母さんにやらせてよお」

「なんでだよっ」

騒《さわ》がしい親子だなあ……。加地くんは学校では無駄口《むだぐち》を叩かないクールな感じがクラスの女子にかっこいいって言われてたはずだけど、おうちではあんがい子どもっぽいのかしら。華乃子は呆《あき》れて溜《た》め息《いき》をつき、浴室のほうから聞こえる大騒ぎを片耳で聞き流しつつエビフライの調理を再開した。

お母さんの明るい声がいつまでも聞こえていた。

——いい母親がいる家庭って、足りないものがないんだよね。

エビフライを揚げながら、ふと井上由起の言葉を思いだした。

エビフライに自家製タルタルソース、キャベツとマッシュポテト添え、マカロニサラダ、セロリとトマトの野菜スープ……結局夕食は華乃子がすべてこしらえた。ありあわせの材料でできるものばかりだが、ここのところパパに仕事を奪《うば》われて欲求不満だったくらいなのではりきって作ってしまった。

加地家は夕食どきも相変わらず騒々《そうぞう》しかった。

「こんなちゃんとしたご飯をうちの食卓で食えるなんて……」

加地くんはなかなか箸《はし》をつけようとせず、涙ぐみすらして並んだ料理に両手をあわせ長いこと拝《おが》んでいた。その加地くんに向かってお母さんがやにわに「梢太、たいへんだわ!」と大声をあげ、

「キャベツにかけるソース、切らしてたの。コンビニまでひとっ走り、お願《ねが》い!」

「今からあ?」

「だってキャベツにはソースがなくっちゃ」

「あの、キャベツ用のドレッシングも作ったので大丈夫です」

華乃子がおずおずと口を挟むと、加地家の母子は揃《そろ》って目をまんまるにしたあと、揃って華乃子をなむなむと拝んだ。

いい母親がいる家庭には足りないものがない――加地くんのお母さんはいい人だと思うけど、加地家は足りないものだらけだった。ソースをはじめとして冷凍庫の氷、お風呂場《ふろば》の洗剤、玄関の電球、加地くんが明日穿《は》く靴下、エトセトラエトセトラ……。切らしているものを思いだすたびにお母さんはきゃあきゃあ大騒《おおさわ》ぎして、梢太、コンビニ行ってきて！　梢太、ごめんね！　と加地くんを拝み倒す。

「なんかごめんな、うちの母さん、あんなので」

げんなりした顔で加地くんが華乃子に耳打ちした。

「その点山田は偉いよなあ。しっかりしてるし、家事上手《じょうず》だし。山田はいいお嫁《よめ》さんになるだろうな」

テーブルに頬杖《ほおづえ》をついて溜《た》め息《いき》混じりにぼやいたかと思うと加地くんはコンロに火がついたみたいにぼっと顔を赤くして、椅子《いす》をひっくり返しそうな勢いで身を引いて華乃子から距離《きょり》を取り「いや別に山田にお嫁さんになって欲しいとかそういうことじゃなくてだな、いや嫌《いや》なわけじゃないんだけど、いやなんでもない、忘れてくれ、気にするなっ」……学校で会うときの印象よりも加地くんはやっぱり相当におかしな男の子である。

華乃子は加地くんから視線《しせん》を背《そむ》け、加地くんの変に跳ねあがったテンションとは対照的などんよりした溜め息をついた。

「わたしじゃだめなの……。パパ、新しいお嫁さんをもらうつもりなの。お見合いするの」

「お見合い？　山田のパパが？」

沈鬱《ちんうつ》な顔で華乃子は頷《うなず》く。

「はあ、お見合いねえ……山田のパパが……？」パパのお見合いに不審《ふしん》な点でもあるのか加地くんはどこか釈然《しやくぜん》としない感じで繰《く》り返した。「そのこと、うちの母さんには言わないほうがいいよ。卒倒《そつとう》するから。しかし、そうかあ、そういう好みの人がこの世に二人いるとは思わなかったなあ」

「華乃子ちゃーん」

お風呂場《ふろば》のほうからお母さんの声が響《ひび》いた。

「お風呂わかすから、今日泊まっていってね？　お父さまにはお電話しておくから」

「また勝手に決めて……」

お母さんの声に加地くんが渋《しぶ》い顔をしてぼやく。断って帰ろうと思ったものの、少し考えて華乃子はやっぱりお言葉に甘えて泊めてもらうことにした。

パパにひどいことを言ってパパを傷つけた。お詫《わ》びの印の特大エビフライも差しだすことができなくなってしまった。帰ってもパパにあわせる顔がない。そのあいだにもパパは華乃子を見限ってお見合いをしてしまうかもしれないのに……。

「でもさ、お見合いは悪くはないと思うよ。お母さんがいないと山田だってたいへんだろ。山田はまだ小学生なんだから」

ふうむとうなったりしながら加地くんが言う。加地くんまで井上由起と同じようなことを言うのだなと華乃子は口をとがらせて、「わたしは別にたいへんじゃあないわ。ずっとやってきたんだもの。それに、」廊下の先に目配せをする。お母さんのご機嫌《きげん》そうな鼻歌と、がっちゃがっちゃと何やらまた不安になる物音が聞こえている。

「わたしが自分でやったほうが、よっぽど効率がいいと思うわ」

「いや、うちの母さんを基準にするのはどうかと思うけど……」

ほっぺたを引きつらせて加地くんはまた井上由起と同じようなことを言った。

華乃子の知りあいのお母さんたちは参考にならないお母さんばかりのようである。だったらどんな〝お母さん〟が世の中の〝基準〟なのか、お母さんのいない華乃子にわかるはずもなかった。

「梢太も一緒に入ればいいのに」

「冗談《じょうだん》言うなっ」

「照れなくってもいいじゃない。一年生のときまでは一緒に入ってたんだからあ」真《ま》っ赤《か》になって拒絶する加地くんをお母さんは強引にお風呂場に引っ張りこもうとしたが、加地くんはお母さんの腕をかいくぐって「バカヤロー」なんて言いながら逃げていった。

「もう、なんだか最近反抗期なのかしらねえ。男の子ってつまんないわあ」

子どもみたく口をとがらせてぼやくお母さんに華乃子だけが捕まって、問答無用でお風呂場《ふろば》に連行された。

パパ以外の人とお風呂に入るなんてはじめてなので華乃子はちょっともじもじして、お母さんが恥じらいなさげにぱっぱと服を脱いでいく横でのろのろと頭のリボンをほどく。足もとの洗濯物《せんたくもの》かごにたいそう立派なサイズのブラジャーが投げこまれ、ついついそれを凝視《ぎょうし》してしまった。加地くんのお母さんって着やせするタイプなのかしら。まだぺったんこの自分の身体《からだ》を見おろしてううむと考えこんだりする。華乃子の身体にもいつかあんなふうな見事な凹凸《おうとつ》ができる日が来るのだろうか。

「華乃子ちゃん、洗ったげるからいらっしゃい」

スポンジにボディソープをたっぷり泡立ててお母さんが華乃子を招く。洗い場にしゃがんだお母さんの前に立つと泡に包まれたお母さんの豊かなバストがちょうど華乃子の目線《めせん》にあってなんだか目のやり場に困り、

「自分で洗えます。いつも自分でやってるし」

「まあ、遠慮《えんりょ》しないの。華乃子ちゃんはまだまだお母さんに甘えていい年頃《としごろ》なのよ？」

有無を言わさずお母さんは華乃子を捕まえてスポンジできゅっきゅと洗いはじめる。気をつけの姿勢で立って視線だけをお母さんの胸から逃がしつつ、華乃子はぼそっと呟《つぶや》いた。

「お母さんなんて、いらないもん……」

柑橘系《かんきつけい》の入浴剤の匂《にお》いに満たされた浴室に、華乃子の声は思ったよりも大きく響《ひび》いた。お母さんがスポンジを持つ手をとめた。怒られるかもしれないと思って華乃子はつい身をすくめた。

華乃子の肩に両手を置いてお母さんが顔を覗《のぞ》きこんできた。

「華乃子ちゃん」

浴室に響いたお母さんの声は、予想に反して優《やさ》しかった。

鼻の頭に泡をくっつけて、お母さんはにこにこしていた。

「女の子にはお母さんがいたほうがいいわ。母親はねえ、女の大先輩《だいせんぱい》として、女の子を素敵《すてき》な女性に導《みちび》くの。華乃子ちゃんがいつか素敵な大人《おとな》の女性になる日まで、母親は華乃子ちゃんを導き、見守る存在なのよ」

さあ張りきって洗っちゃうわようとお母さんは変なメロディの鼻歌を歌いながらまたきゅうきゅうと華乃子を洗いはじめた。

ぶくぶくの泡まみれになって華乃子はおとなしく立っていた。お母さんの洗い方はパパがしてくれるのとぜんぜん違った。パパみたいにがっしゅがっしゅと力いっぱいやったりしなくて、ほどよい刺激《しげき》で気持ちよくて、手足の指のあいだまで丁寧《ていねい》に洗ってくれた。髪を洗ってもらうときも頭をぐりぐり掻《か》きまわされたり髪をぎゅうぎゅう引っ張られたりしなかった（パパだってパパなりに優しくやろうとしているのだとは思うけど）。

お風呂《ふろ》からあがるとドライヤーで髪をきれいに乾かしてくれた。バスタオルを巻いたお母さんの胸の谷間からなんだかふわんとするいい匂《にお》いが漂ってきてどぎまぎした。むずがゆくて恥ずかしくて、でもそれは嫌《いや》な感じではない。

加地くんの家は足りないものばっかりなのに……それなのに、この満たされた感じはなんなのだろうと、ドライヤーをあてられながらずっと考えていた。

「梢太のパジャマを着せてもかわいくないものねえ、ちょっと待っててね、華乃子ちゃんの寝間《ねま》着《き》、寝間着……」

お母さんがああでもないこうでもないと言いながら寝室のタンスを引《ひ》っ掻《か》きまわしているあいだバスタオルを身体《からだ》に巻いて待っている華乃子を加地くんが見て「わああっ」と叫んでお風呂場に駆《か》けこんでいった。

「わあ、これ、懐《なつ》かしいわあ。華乃子ちゃん、これ着てみて、着てみてっ」

と、引っ張りだしてきたものをお母さんがきゃいきゃいはしゃいで華乃子に着つけ終わった頃《ころ》、カラスの行水《ぎょうずい》でお風呂からあがってきた加地くんがまた「わああっ」と叫んで寝室の戸口から飛びすさった。

「騒々《そうぞう》しい子ねえ、梢太ったら。どう、これ。かわいいでしょう？　惚《ほ》れるでしょう？」

まるで自分の娘を自慢するみたいにお母さんが華乃子の肩を押しだして加地くんの正面に立たせる。

「ほ、惚れるかっ」

　とか言い返してあとずさりつつも加地くんは目をまんまるにして華乃子を凝視《ぎょうし》。頬《ほお》が上気しているのはお風呂あがりのせいだけではないように見える。

「これ、ご近所の奥さんから梢太にっていただいたのよねえ。でも梢太ったら着てくれなくて、華乃子ちゃんに着てもらえてよかったわあ」

　お母さんは上機嫌《じょうきげん》で今度は華乃子を寝室の鏡台《きょうだい》の前に立たせた。

　紺色《こんいろ》の地に白で金魚の絵柄《えがら》が染め抜かれた浴衣《ゆかた》だ。しぼりの帯が背中でふんわりした文庫結《ぶんこむす》びにされていて、華乃子自身に金魚の尾っぽがついたみたい。浴衣なんて着つけてもらったのははじめてだった。今まで着る機会《きかい》もなかったし、普段《ふだん》から華乃子は西洋風のワンピースばかり愛用している。

　見慣《みな》れなくって不思議《ふしぎ》な気持ちでいろんな角度から自分の姿を鏡《かがみ》に映し、髪はあげたほうがいいかなあなんて思っていると、お母さんが鏡台の小物入れから髪留《かみど》めを一つだしてきた。

「これ、華乃子ちゃんにあげるわね。きっと似合うわ」

　きらきらしたビーズがたくさんついた、ちょうちょの形の髪留めだった。華乃子にはまだちょっぴり大人《おとな》っぽい気がするけれどとてもきれいなそれを使って、お母さんは華乃子の髪を頭の後ろでまとめてくれた。

　我《われ》ながらかわいい、と感心する。わたしってば何を着ても似合っちゃうんだから、なんて内

心でこっそり自画自賛《じがじさん》して鏡《かがみ》に向かって鼻を高くした。ホテルに帰ってみんなに見せたいなあと思う。洗い髪をアップにしたちょっぴり大人《おとな》の色香《いろか》漂う華乃子の浴衣姿《ゆかたすがた》を目にしたら、浅井有生だって今よりは華乃子を子ども扱いしなくなるに違いない。それからパパにも。

……パパにも、見てもらいたいなあ。

§

夢の中でパパはひとりぼっちだった。

白亜色《はくあいろ》の霧《きり》が立ちこめる、地面と空の境界線《きょうかいせん》のないぼんやりとした空間に、テーブルと椅《い》子《す》だけがぽつんと置いてある。大きな身体《からだ》をパパは窮屈《きゅうくつ》そうに椅子に押しこみ、テーブルに置いたツナ缶を先割れスプーンですくって食べていた。好物のツナ缶を前にしているのにパパはぜんぜんうれしそうじゃなかった。しょんぼりと丸めた背中がなんだかいつもよりも小さく見えた。

パパ、今日はわたしがいなかったから、一人でご飯を食べたんだものね。一人で食べるご飯はおいしくないよね。わたしもこのあいだパパがいなかったとき、ぜんぜんご飯おいしくなかったもの。今日は華乃子がパパにあんな思いをさせてしまったのだ。

ごめんね、パパ、ごめんね。すぐに帰るよ。一緒にご飯食べよう。だからしょんぼりしないで？　ね、パパ……。

「パパ！」

舌足らずな明るい声が白亜《はくあ》の空間に響《ひび》いた。

わたし？　わたしじゃない。

ぴくっと耳の先を動かして顔をあげたパパの隣《となり》に、ぽうっと光が灯《とも》るように小さな人影《ひとかげ》が浮かびあがった。

わたしじゃない。でもわたし……？

華乃子よりもだいぶ小さい女の子だ。たっぷりのフリルがついたお人形さんみたいなワンピース、白いタイツにトゥが丸い赤い靴。パパに披露《ひろう》するように女の子はつま先でくるりとターンしてふわふわの裾《すそ》をひるがえし、

「新しいお洋服、似合う？　パパ」

「ん。とてもかわいいよ。華乃子は何を着てもかわいいなあ」

「えへへ」

女の子は誇らしげな笑《え》みを満面にたたえて、

「じゃあカノコ、パパのお嫁《よめ》さんになったげるね」

ぴょんと跳びはねて女の子が言うと、パパはのんびりと首をかしげてこう言った。

「うーん、華乃子がパパのお嫁さんになったら、パパは華乃子のパパじゃあなくなってしまう

よ。それは困るなあ」

「パパはカノコのパパでいたいの？」

「ん」

とパパは頷《うなず》いて、

「パパはずうっと華乃子のパパでいたいんだ」

目が覚めてもパパの声が耳に残っていた。

パパと寝ているいつもの部屋ではない。木の梁《はり》が剝《む》きだしになった和室の天井《てんじょう》が頭の上に浮かんでいる。障子紙《しょうじがみ》が貼《は》られた四角い電灯が天井の真ん中に一つ。オレンジ色の豆電球だけが小さく灯っている。

加地くんの家だと少したってから思いだした。お布団《ふとん》の隣《となり》ではお母さんの寝息が聞こえている。加地家にはお布団が二組しかなかったので「梢太と華乃子ちゃんが二人で寝れば？」とお母さんが提案したところ加地くんが猛烈な勢いで反対し、六畳間の和室にお母さんを真ん中にして加地くんと華乃子が両側につくことになったのだ。

目を覚ましてしまったことを後悔した。

知らない家。知らないお布団。真夜中。ひとり。

きゅうっと胸に寂しさがこみあげてきた。

（おうちに帰りたい……）

パパのところに。

胸いっぱいになって溢《あふ》れた寂しさが目の奥にまでこみあげてきて、涙になってぽろりとこぼれた。俯《うつぶ》せになって枕《まくら》に顔を押しつけたが涙は次々に溢れてくる。ひっく、ひっくとしゃくりあげる声が枕の隙間《すきま》から漏れてしまう。

「ん……華乃子ちゃん？　どうしたの？」

寝呆《ねぼ》け気味のお母さんの声が背中に聞こえた。嗚咽《おえつ》を懸命《けんめい》にこらえて華乃子は首を振る。震《ふる》える華乃子の背中にお母さんの手が触れ、

「いらっしゃい、華乃子ちゃん」

優《やさ》しい声をかけられて、我慢《がまん》できずに華乃子はお母さんの胸にしがみついた。

お母さんの手が背中をぽんぽんと叩《たた》く。お母さんの匂《にお》いはパパの匂いとはぜんぜん違っていたけれど、その仕草《しぐさ》はパパがしてくれるのと少し似ていて、余計にパパが恋しくなった。パパも今頃《いまごろ》一人でしょんぼりして眠りについているかしらと考えるともっと悲しくなった。

「パパにひどいことを言っちゃったの……」

お母さんの胸に顔を押しつけ、涙混じりのぐずぐずした声で華乃子は告白した。懺悔《ざんげ》するみたいに誰《だれ》かに打ちあけずにはいられなかった。

「パパなんてかっこわるいって言っちゃったの。パパなんて寸胴《ずんどう》で短足で、いっつも裸で、自

分の顔を鏡《かがみ》で見てみたほうがいいわって、言っちゃったの……」

「まあまあ、山田さんはかっこいいのにねえ。華乃子ちゃんだって本当にそう思ってるわけじゃあないでしょう？」

お母さんののんびりした相づちに華乃子は頷《うなず》く。

「でも、かっとなって言っちゃったの……。だってパパが取られちゃうような気がしたの。華乃子がパパのいちばんじゃあなくなっちゃうような気がしたの。華乃子はヤキモチ妬《や》きの醜《みにく》い悪役なの……」

華乃子のかなり一方的な告白にお母さんはあらあらあらなんて相づちを打ち、華乃子の背中を優しく撫《な》でて聞いてくれた。途中でお母さんの肩越しに「どうかしたの……？」と加地くんのむにゃむにゃした声が聞こえたが、「いいのよ、梢太は。女の子の話なんだから」とお母さんが言うと、またすぐに眠りに落ちたのか加地くんの声は聞こえなくなった。

「大丈夫よ、華乃子ちゃん。華乃子ちゃんがお父さんのことでヤキモチを妬くのは、山田さんがそれだけ素敵《すてき》なお父さんだっていう証拠だもの。醜いことなんかじゃないわ。女の子はみんな一度はパパに恋するものだわ。そのうち自然とパパを卒業するときが来るまで、その気持ちはそのままにしておいていいのよ。それでね、いつかパパを卒業したとき、女の子はまた一歩素敵な女性に近づくの」

誰も教えてくれなかったことをお母さんは教えてくれた。

背中を撫《な》でる優《やさ》しい手と優しい声が、喉《のど》につっかえていた毒々しい塊《かたまり》を溶かして涙と一緒に身体《からだ》の外に押し流していく。泣き疲れて再び眠りに落ちるまで、そのままお母さんにしがみついて華乃子は泣いた。

それでも梅干しの種ほどの塊がどうしても頑固《がんこ》に最後まで残った。

それは華乃子の中に小さく生まれた、〝素敵《すてき》な女性〟になるための最初の種だったのかもしれなかった。

次の日の朝早い時間、お仕事に行く前にパパが迎えに来た。華乃子はパパと目をあわせることができず、アパートの玄関に立ったパパも気まずそうに頭を垂れていた。

お母さんが華乃子の背中をやわらかく押し、

「ほら、華乃子ちゃん」

華乃子は二、三歩たたらを踏んで、パパのお腹《なか》にぽすっと収まった。パパの大きな手が壊《こわ》れ物《もの》を扱うみたいに少しおっかなびっくり華乃子の背中を包みこんだ。

ごめんね、パパ。

と素直には謝《あやま》れなかった。そのかわり、華乃子はパパの胴に腕をまわし、パパのお腹に顔をうずめてぼそっと言った。

「……パパ、お見合い、していいよ」

パパにもし新しいお嫁《よめ》さんが来ても、きっと大丈夫。

〝パパはずうっと華乃子のパパでいたいんだ〟

――小さい頃《ころ》にパパは華乃子に言ってくれた。パパがいつだって華乃子をいちばんに想《おも》ってくれている気持ちを、華乃子はもう疑うことはないから。

「お、お見合いっ？　山田さんが、お、お、お見合いっ……」

加地くんのお母さんがふらあっとひっくり返り、慌《あわ》てて加地くんに支えられていた。

§

日曜日、パパと華乃子はおめかしをして（華乃子は一張羅《いっちょうら》のワンピース、パパの首には蝶《ちょう》ネクタイを結んだ）、部長さんが設けたお見合いの席に赴《おもむ》いた。小洒落《こじゃれ》た料亭の個室で、慣《な》れない場所の緊張《きんちょう》もあって二人ともしゃちほこばって、パパのお嫁さんで華乃子のお母さんになるかもしれない女の人と対面した。

「こちら、僕の職場《しょくば》でとてもよく働いてくれている山田くんと、娘さんの華乃子ちゃんです」

深々とお辞儀《じぎ》をし、部長さんの紹介で頭をあげると、振《ふ》り袖《そで》姿で静やかに座したお見合い相手とそのご両親はパパをまじまじと凝視《ぎょうし》して硬直していた。女の人の顔にお見合い写真のはんなりした笑顔《えがお》はかけらもなかった。

嫌《いや》な予感がした。すごく今さらだけど、考えてみるとパパは着ぐるみである。華乃子やパパのまわりの人たちにとってパパが着ぐるみであることが当たり前になっていても、パパはあくまで着ぐるみである。着ぐるみとお見合いをしてくれる物好きな女性がいるとは思えない。部長さんはいったいどういうつもりでパパにお見合いを世話したのだろう？

「あの……気を悪くされたら申《もう》し訳《わけ》ありません……。山田さんは少々変わっていらっしゃいますのね」

「よく言われます。どうぞお気になさらず」

先方の問いに飄々《ひょうひょう》と答えつつパパの長い尻尾《しっぽ》がふよふよと宙を泳ぐ。先方の全員の視線《しせん》がそっちに吸い寄せられる。その先に一匹のハエが飛んでいた。テーブルの料理にとまろうとしたハエをパパの尻尾が見事にばしっとはたき落とし、
先方は揃《そろ》って引きつった悲鳴をあげた。

かくて、ご縁《えん》がありませんでしたと丁重《ていちょう》にお断りされ、先方の一行は早々のうちにせかせかと引きあげていってしまった。

部長さんが不思議《ふしぎ》そうに首をかしげて、

「何が気に入らなかったんだろうねえ。まあ気を落とすことはないよ、山田くん。君は人より少しもっさりしているけど、そうそう不細工《ぶさいく》ではないと思うよ。何より僕は君の人柄《ひとがら》を本当に買っているからね。またいいお嬢《じょう》さんがいたら紹介しよう。ああそうだ、君の見合い写真も撮《と》

ろうじゃないか。今回は写真を用意できなかったからね」

「部長さん、それはパパじゃありません」

床の間《とこのま》に飾ってあった陶器の招き猫に向かって話しかける部長さんに華乃子は冷静に指摘した。部長さんは眼鏡《めがね》を上下させて招き猫とパパとをしばらく見比べ、曰《いわ》く、

「いやあ失礼。最近老眼が進んでねえ。山田くんはもっと大柄だったなあ」

パパの肩をばしばし叩《たた》いてがははと笑った。

あろうことか、部長さんはどうやらパパの姿をはっきりと認識《にんしき》していなかった。〝ちょっとずんぐりもっさりしてる寡黙《かもく》な青年〟というだけで、部長さんの老眼にパパは着ぐるみには見えていなかったのだ。そもそもいくら働きがいいからって着ぐるみにお見合い話を持ってくるなんて、普通の上司だったらちょっと考えて然《しか》るべきところだ。

華乃子はお気楽に笑う部長さんの禿《は》げ頭《あたま》を殴り倒したい衝動《しょうどう》に駆《か》られた。華乃子の心と山田家の平穏《へいおん》を引《ひ》っ掻《か》きまわした今回の騒動《そうどう》の元凶《げんきょう》は、まぎれもなく部長さんだった。

料亭をでて、帰り道。

「パパが格好悪いから、だめだったのかなあ」

なんてすっかりしょげかえってとぼとぼ歩くパパに華乃子は言葉をかけあぐね、黙《だま》って隣《となり》を歩いていた。パパがフラれてしまったのはパパが格好悪いかどうかという以前のもっと根本的

な問題なのでパパは落ちこむことじゃあない。元気づけてあげたかったが、それこそますます絶望に陥《おとしい》れるだけのような気もする。パパが着ぐるみである限りこの先もパパのお嫁《よめ》さんに来てくれる人なんて現れないのではないか。

「ごめんなあ、華乃子」

パパが言った。

「どうして？」

「華乃子が家の仕事をよくしてくれて、とても助かっているよ。でもね、華乃子はまだ小学生なんだ。遊んだり、勉強をしたりする時間もたくさん必要だろう。部長さんにもそう言われて、お見合いのお話をもらってね。それでね、パパは華乃子に、お母さんを迎えてあげようと思ったんだよ」

「パパったら……」

パパを見あげて華乃子は目を丸くした。パパがそんな理由でお見合いしようとしていたなんて……。

「そんなの気にしなくっていいのよ。わたしは家のことをやるのが好きなの。そんなこと考えてないで、パパのことを好きになってくれて、パパもその人のことが好きになれる女の人と結婚すればいいのよ。だってわたしはいつかお嫁に行っちゃうんだもの。そうしたらパパ、一人になっちゃうのよ」

「えっ、華乃子がお嫁に行くなんて、そんなのパパが許さないぞ」

「やあねえ、パパ、ずうっと先の話よ。でもわたしはいつかはお嫁に行っちゃうわよ。素敵《すてき》な女の人になって、素敵な男の人をゲットするんだもの」

悪戯《いたずら》っぽく笑ってそう言い、小走りでパパを追い越して少し先まで行ってからパパを振り返る。大きな夕陽《ゆうひ》を背後に背負った華乃子の影《かげ》がパパに向かって長く伸びる。蝶《ちょう》ネクタイ姿のパパはお見合いでフラれた以上にショックを受けた様子《ようす》で立ち尽くしていた。

スキップで器用に後ろ跳びしながら華乃子はパパに笑いかけた。

「わたしがお嫁に行っちゃう前に、パパにも素敵な人が現れるといいね！」

そう言ったとき、それでもやっぱり少しだけちくりと胸が痛んだのは、華乃子がパパを大好きだっていう証拠。

でも今はまだ、パパが華乃子のいちばんで、華乃子がパパのいちばん。華乃子がもう少し大きくなるまで、まだしばらくは、きっとこのまま。

「お腹《なか》減っちゃった、お買い物して早く帰ろう。四時からタイムセールなの。パパ、絶対に特大ブラックタイガーを勝ち取ってね。今日こそ特大エビフライなんだから」

スキップで駆《か》け戻っていってパパの手を引く。パパも気を取りなおし、「ようし、パパ、張り切っちゃうぞ」と頼もしい腕に力こぶを作る（ような仕草《しぐさ》をする。着ぐるみだから力こぶはできないけど）。

「ちょっと母さん、押すなよ」

「だってよく聞こえないんだもの。お見合いは？　どうなったのかしら？　梢太、ねえ、なんて言ってるの？」

「押すなって……」

こそこそと囁《ささや》きあう声が聞こえた。周囲を見まわすと少し離《はな》れた電信柱の陰で押しあっていた二つの人影が「危な……ああーっ」と揃《そろ》って声をあげ、折り重なってばたっと道に倒れこんできた。

「加地くん？」

華乃子はぱちくりと瞬《まばた》きをした。毛糸の帽子にサングラスにマスクというあきらかに不審《ふしん》な扮装《ふんそう》をした二人組は、加地くんと加地くんのお母さんだった。加地くんを下敷《したじ》きにしたお母さんがいそいそと立ちあがり、白々《しらじら》しくサングラスとマスクを取って「あ、あら、山田さんと華乃子ちゃん、こんなところでお会いするなんて、奇遇《きぐう》ですわねえ」「何が奇遇だよ……」まだ地面に突っ伏したままぼそっと突っこんだ加地くんをお母さんはハイヒールの踵《かかと》で踏んづけてほほほと笑う。

華乃子はパパときょとんとした顔を見あわせた。なんだかふいにおかしくなってぷっと吹きだし、

「加地くんたちもお夕食に誘ってもいい？　パパ」

「もちろん、華乃子がいいなら」

今日は大きなお皿に山盛りのエビフライを揚げよう。自家製タルタルソースにキャベツとレモンを添えて。四人でテーブルを囲んでわいわい言いながらお腹《なか》いっぱいになるまでエビフライを食べたら、きっとすごく楽しいだろう。

でもその前に、パパと加地くんにはタイムセールの争奪戦《そうだつせん》で身体《からだ》を張ってもらって、特大ブラックタイガーをたくさん手に入れてもらわないとね。

加地くんは大きなお尻《しり》を揺らした主婦たちのスクラムの前にあっさり敗退し、さしものパパも殺気だった主婦たちのお尻に跳ねとばされ尻尾《しっぽ》やヒゲをぎゅうぎゅう引っ張られ耳を引きちぎられそうになり、這々《ほうほう》の体《てい》で逃げだしてくることになるのは、また別の話。

Kokage & Hiyori / Yusei Asai & Yuki Inoue

第2話　Father's Style ～ウサギスープとキズナの場合

いいか、こかげ。

あるときユウ兄ちゃんがこう言った。

ひよりが本物の女の子だってことが、お前の人生にとってどんなに幸運な現実かってことを生涯感謝《しょうがいかんしゃ》するんだぞ。

意味はよくわからないけどユウ兄ちゃんはすごく深刻そうだった。でもひよりは偉そうだし乱暴《らんぼう》だしこかげのおやつを横から奪《うば》うし、まだ読んでいないこかげの漫画《まんが》を先に取りあげて読んでしまい、おまけにネタばらしまでする。男の子みたいにガサツで、いつも泥《どろ》んこで生傷《なまきず》が絶えたことがない。

それなのに喧嘩《けんか》になると先生に怒られるのはこかげなので、こかげはひよりに手がだせない。ひよりが女だからだ。女はずるい。ひよりが男だったら容赦《ようしゃ》なくやり返してやれるのに。だからひよりが女の子でよかったなんてこかげは思ったことがない。ユウ兄ちゃんとユキ兄ちゃんみたいに、こかげとひよりも男どうしだったらなんの問題もなかったのに。

別の意味で問題はあったんだよ。

何やらほっぺたを引きつらせて、ユウ兄ちゃんはぼそっと言った。ユウ兄ちゃんの溜《た》め息《いき》には大人《おとな》の苦渋《くじゅう》というやつが塗《ぬ》りこめられていた。ユウ兄ちゃんの人生にはいろいろなことがあったようである。

ねえ、ひより、一生のお願《ねが》い。

あるときユキ兄ちゃんがこう言った。

中学生になったら一度でいいから制服で俺《おれ》とおでかけしようね。でね、そのときだけはユキ兄ちゃんじゃなくてユキって呼んで欲しいの。それで俺のトラウマはきれいな思い出になってすっぱり幕《まく》をおろせるの。そうしたら俺、一生ひよりに感謝する。

ひよりを拝《おが》むみたいに両手をあわせて片目をつむって、なんだかよくわからないけどユキ兄ちゃんは深刻だった。ひよりはスカートが嫌いだ。すうすうしてて心許《こころもと》ないし、学校のアスレチックで思いっきり遊べないし。女の子の制服着せるんだったらこかげのほうが似合うと思う。こかげは男の子のくせに色白でおとなしくて運動が苦手《にがて》な子だし、弱虫だからひよりがいじめてもやり返してこない。ひよりのかわりにこかげが女の子だったほうがよかったんじゃないかな、とひよりはよく思う。

こかげに女の子の格好してもらってもなんの解決にもならないんだって。

ユキ兄ちゃんがぼそっと言った。ユキ兄ちゃんの溜め息には大人の苦渋というやつが塗りこめられていた。ユキ兄ちゃんの人生にはいろいろなことがあったようである。

ユウ兄ちゃんもユキ兄ちゃんも都会の大学に行ってしまい、ほんのときどきしかこの郊外の家には帰ってこない。パパたちはあんまり気にしていないみたいだけど、ママたちは夏休みやお正月休みになるたびに、ユウちゃんとユキちゃんはまた帰ってこないの？　ママたち寂しいわあ、と二人揃《そろ》ってぐずる（たぶんそれがうっとうしいから兄ちゃんたちは家に寄りつかないのではないだろうか）。

そろそろまたママたちの癇癪《かんしゃく》がはじまるだろうなあという時期のある日のことだった。ダイニングテーブルに置かれていた一枚の絵ハガキに、ひよりとこかげは目をとめた。

〝浅井有生《あさいゆうせい》個展　Mの影像〟

という文字と、ユウ兄ちゃんが描いたのだと思う絵がそれには印刷されていた。

§

人間誰《だれ》しも人生で一度くらいはそのステージの〝主役〟になる瞬間《しゅんかん》がある。

中学時代のえらく熱血《ねっけつ》な担任がそんなことを言っていた。

主役ねえ……。小学校の運動会のかけっこで一等になったときくらいしか自分が〝主役〟になった瞬間を実感したことはないし、これから先も自分が主役になるようなステージに登ることがあるとは思えない。

そんなことを考えながら、本日の〝主役〟の姿を視線《しせん》で追った。会場の中央で雑誌記者や業界関係者など多くの人々に取り囲まれている、およそ主役らしくない不機嫌顔《ふきげんがお》をぶらさげた長身痩軀《ちょうしんそうく》。目つきは常に半眼《はんがん》で印象悪いったらない。眠いのだ、あの人は。伸ばしっぱなしの髪はぼさぼさ、一応きちんとしたジャケットをはおって、というかはおらされてはいるが、その下のシャツは着たきりスズメのよれよれで絵具の汚れがこびりついている。

徹夜《てつや》の作業あけなのだ。画廊がすでに会期を決めて告知を打ってしまっていたし、業界雑誌のイベントスケジュールにも載ってしまったのでそれ以上延期することもできず、今朝《けさ》の今朝まで作業して、朝イチぎりぎりで最後の作品を仕あげたのだった。

〝浅井有生個展　Mの影像〟

ここ、青山公園画廊《あおやまこうえんがろう》で今日から開催《かいさい》となった。

画廊主催のオープニングパーティーはそれほど派手《はで》なものではないながら、注目の新鋭《しんえい》画家、浅井有生の初の個展ということで、画廊と懇意《こんい》にしている雑誌記者や熱心《ねっしん》な美術蒐集家《しゅうしゅうか》が集まった。

ギョーカイ人のパーティーなんかに混じっていても暇《ひま》なので、適当に飲み食いして胃袋が満足するとキズナは二階のパーティー会場を離《はな》れて一階に降りた。浅井がちやほやされているところを見物するのもなんとなくムカつくし。

画廊の建物の一階がギャラリーになっている。今日は関係者のみの招待であり一般公開はないので、ギャラリーは無人で寂しげだった。打ちっ放しのコンクリート壁《かべ》に広い間隔《かんかく》をあけて作品が吊《つ》るされている。作品の保護《ほご》のため照明は暗めで、それが浅井の作品の雰囲気を引き立てるのにひと役買っていた。何しろ浅井の絵は美術雑誌で『現実世界の裏側斜め四五度を写し取るかのような』などと評される、お世辞にも明るい光の下が似合うようなモノではないのである。

二階の賑《にぎ》わいが天井越《てんじょうご》しに遠くくぐもって響《ひび》く下、無人の展示室をゆっくりと歩いて一つ一つの絵を眺めてまわった。描かれているのはすべて同じ女性だ。モデルの女性の名前をキズナは知っている。

個展のタイトル、〝Mの影像〟——Mのイニシャルを持つ人。

自分、衛藤《えとう》キズナ。現時点でただ一人の浅井のモデル。でも……エトウ・キズナ、のイニシャルにMはない。

天井越しに聞こえるざわめきを避《さ》けるようにして展示室の奥のほうへと歩を進めると、一つだけ隔離《かくり》された場所に置かれている絵があった。他《ほか》の絵と違って壁に吊るされることなくイーゼルに立てかけられ、殺人現場のキープアウトのごとく三方をロープで囲って鑑賞者《かんしょうしゃ》が近づけないようになっている。周囲の床《ゆか》には使いこまれたパレットや画材が作業の痕跡《こんせき》をまざまざと物語るように放置されている。浅井が泊まりこみで今朝《けさ》までまさしくこの場所で手を入れていたのがこれだった。

「キズナさん、申《もう》し訳《わけ》ないですけど今日オープニングパーティーにいらっしゃるとき、浅井くんのスーツ持ってきてやってもらえますか？」

という画廊主からの依頼を受けて、浅井の部屋から持ちだしたスーツ一式をしょってキズナが画廊に着いたとき、浅井はあたり一面を油絵具だらけにしてこの絵の前でぱったりとくたばっていた。キズナが来なかったら危《あや》うくあのままミイラになってギャラリーのオブジェと化していたのではないか。

号数のことはよく知らないが、畳一畳分くらいはあるだろうか。大きな判のキャンバスに描かれた絵だ。タマゴを思わせるいびつな球体をした巨大な象牙《ぞうげ》色《いろ》の物体を、女性が大事に両手で抱えるようにしている。それだけだったら浅井の他の絵に比べたら無害な絵と言えるだろう。いや他の絵が有害って言いたいわけじゃないけど。

女性の慈愛《じあい》すら感じられるその絵の雰囲気を無惨《むざん》にぶち壊《こわ》しているのが、タマゴにできた亀《き》裂《れつ》から突きだしている、生まれたての赤ん坊ならぬ大人《おとな》の人間の腕だった。肘《ひじ》の関節がひどく骨張った男の腕だ。亀裂の奥の暗闇《くらやみ》から突きだしたその腕が宙をまさぐって今にも女性の肢体《したい》を摑《つか》もうとしている。

髪の流れ、まつ毛の一本一本、肌のキメやかすかな皺《しわ》、その下を流れる蒼《あお》い血管、指先の爪《つめ》の甘皮《あまかわ》に至るまで精細に描かれた写実的な画風が見事なだけに、現実には決してあり得ない構図なのにそれは妙にリアルでグロテスクだ。年端もいかない子どもが見たら間違いなくトラウマになるぞ。タマゴを抱える女性というだけなら母性の象徴《しょうちょう》という感じで普遍性《ふへんせい》もあるだろうに、なんだってこういうシュールな構図にしてしまうのかね……まったくもって浅井の脳の構造は玉虫色《たまむしいろ》とウルトラマリンブルーが渦《うず》を巻く摩訶不思議《まかふしぎ》空間である。

「俺様《おれさま》の才能に見惚《みと》れてんなよ」

頭の上からいきなり声をかけられて、ぴょこんと心臓《しんぞう》が跳ねあがった。

いつの間に降りてきたのか、浅井がキズナのすぐ背後から同じ絵を眺めていた。さりげなくキズナは半歩横にずれ、

「呆《あき》れてたんだよ。シュミの悪さに」

ことさら平静を装《よそお》って毒を吐く。跳ねた心臓がまだ躍《おど》っている。黙《だま》って背後に立つなよなあ。

「上にいなくていいの？　本日の主役でしょ」

「撤退《てったい》」

端的に言い捨て、もう我慢《がまん》ならんというふうにジャケットを脱いでキズナのほうにばさりと放った。「ちょっとお」頭に覆《おお》いかぶさってきたジャケットを剥《は》ぎ取ると、浅井はあっちを向いて口もとに手をやり「うえー」とか言っている。寝不足のうえ挨拶《あいさつ》に来る人来る人に酒を注がれていたのだから確《たし》かにキツいだろう。陽焼《ひや》けしていない顔が蒼白《そうはく》というかやばい具合に緑色だ。

浅井がいようがいまいが二階の賑《にぎ》わいに変化はないようだった。そもそも浅井がいたところ

で場を盛りあげる役に立つとも思えない。むしろテンションをさげるかも。

「明日から一般公開なんでしょ？　いっぱい見に来てくれるといいね」

ギャラリーにぐるりと視線《しせん》を巡らせて、明るい声でキズナは言った。本当を言うと別に、そんなに本気でそんなこと思ってるわけじゃないので白々《しらじら》しくなったかもしれない。

浅井が世間で今けっこう評価されている新鋭《しんえい》画家だというのがキズナにはまだいまいち疑わしかったのだが、いよいよ個展がはじまって、浅井のために（たぶん業界では）偉い人たちが今まさしく二階に集まっているのだという事実にようやくその実感がわいてきた。

浅井が成功したら当然自分も嬉《うれ》しいはずだと思ったのだが、ぜんぜん嬉しくなかった。別に浅井が世間的にすごい人とかではなくてもキズナとしてはぜんぜんまったくいいのである。むしろすごい人になってしまったら負けたみたいな気がして悔しい。浅井が有名になって浅井のモデルになりたいっていう志願者《しがんしゃ》が増えて浅井がモデルに困らなくなったりしたら、それこそキズナは敗退である。

ギャラリーを一望し、最後に見ていたタマゴの絵に向きなおったキズナの頭に、ぽんと手が置かれた。

「ん？」

振り仰《あお》ごうとしたが頭をしっかり掴《つか》まれて固定されてしまい、キズナの目線からは袖口《そでぐち》をまくった浅井のシャツの一部しか見えない。

「なんなの？　背が縮《ちぢ》むからやめてよう」

逃れようとするキズナの頭を押さえこんだまま、その手がキズナの髪をくしゃっと撫《な》でて。

「お前がいたからここまでこぎつけられた。……ありがとな」

ぼそっと、本当にぼそっと、礼を言ってるくせにむしろ不機嫌《ふきげん》そうに、低い声で。

時間がそこでとまったような気がした。

実際にとまっていたのはキズナだけで、二階の賑《にぎ》わいは相変わらず続いていたのだが。

頭の上から手が放れた。少しぎこちなく振り返ると浅井はふらふらとよろめいて壁《かべ》に手をつき、

「限界だ。便所で吐いてくる」

言い残し、肩で壁をこするみたいにして頼りない足取りで離《はな》れていった。

（……なんだよ、いったい。嫌味《いやみ》かよ）

取り残されて立ち尽くし、微妙な顔でキズナはそれを見送った。

礼なんて言われたってぜんぜん嬉《うれ》しくない。〝M〟のための個展ができたことを感謝《かんしゃ》されたところで、キズナにしてみれば面白《おもしろ》いわけがない。

（なんにもわかってないんだからな……）

舌打ちをして、手もとに残されたジャケットを胸に抱えこんだ。

鼻を押しつけて、くん、と嗅《か》いでみる。油絵具まみれのシャツの上にはおっていたジャケッ

トは、クリーニングのタグがついたまんまのを持ってきたはずなのにもうすでに絵具の匂《にお》いが染みついている。麻薬みたいに癖《くせ》になる、匂《にお》い。

「申《もう》し訳《わけ》ありませんが」

という声が受付のほうから聞こえてきた。

「本日はご招待のお客さまのみになっておりまして、一般のお客さまは明日からに……」

「ご招待なんです。ほら、これ」

「ええとですね、そちらのハガキは一般公開のご案内ハガキなんですよ」

一つは受付の女性の声。もう一つの声はずいぶん幼い。

「えっとね、ユウ兄ちゃんを呼んでください」

幼い声がそう言ったのが耳に引っかかり、キズナは受付に足を向けた。入り口のガラス戸を入ってすぐのところに小振りのカウンターテーブルがあり、そこが受付になっている。そのテーブルの縁《ふち》に顎《あご》を乗っけるような格好で、帽子をかぶった小さな頭がひょこりと二つ覗《のぞ》いていた。

「浅井さんなら今グロッキーだから、ちょっと無理だと思うけど」

受付の後ろからキズナが口を挟むと、小さなお客の応対に困っていたらしい受付嬢《じょう》が振り返って「あ、キズナさん」と心持ちほっとした顔をした。

受付の向こうに立つ二つの小さな生き物が目をまんまるにしてこっちを見た。

小学校中学年くらいに見える、かわいらしい子どもたちだった。一人は野球帽をかぶった活発そうな子、もう一人は麦わら帽子をかぶったおとなしそうな子。雰囲気は違うが、双子かと見まがうほどに背丈《せたけ》も同じで顔立ちもよく似ている。

くらくらするほどの既視感《デジャヴ》に襲《おそ》われた。よく知っている誰《だれ》かと誰かをそのまんま十年くらい縮小《しゅくしょう》したような、十年ぶんの憎たらしさを引いたぶんだけ愛らしさいっぱいのこの二人は、もしや……。

「すいませーん」

と、ガラス戸をあけて新たな人物が顔を見せた。

「もう、待ってなって言ったでしょ、ひより、こかげ。ごめんねえミサちゃん」

「由起《ゆき》くん……まあ、この子たちって、もしかして」

二人の子どもの肩を抱き寄せて受付嬢の下の名前を親しげに呼ぶのは、浅井の従兄弟《いとこ》、井上《いのうえ》由起だった。トラッドなジャケットにヘンリーネックのシャツをあわせてほどよくカジュアルに着崩した〝男モード〟だ。それはそうといつの間に画廊《がろう》の女性職員《しょくいん》と仲良くなったのか。

「あ、キズナもいたんだ。ちょうどよかった」

キズナの半眼《はんがん》を気にしたふうもなく由起はにこにこしてそれぞれの手で二人の子どもの頭をかいぐって、

「実家の弟たち、ひよりとこかげ。今年四年生」

ひより、こかげと呼ばれた二人がぺこっとおじぎをした。

「ひよりです」

野球帽の子が元気よくはきはきと。

「こかげです」

麦わら帽の子が人見知りっぽく下を向いて。

「ま。かわいいぃ」

受付のミサちゃん嬢《じょう》が黄色い声をあげる。一方でキズナはほとんど硬直して二人の小学生をガン見していた。ひよりがきょとんとして、こかげが怖《お》じ気《け》づいて揃《そろ》ってこっちを見る。いちいち二人の行動がかわいい。浅井と由起をそのまんま十年くらい縮小して、十年ぶんの憎たらしさを引いたぶんだけ愛らしさいっぱいの……。

ゆ。ゆ。ゆ。

「誘拐《ゆうかい》したい」

最初に口にした感想、それ。


「二人で来たんだって。父親から急に連絡入って、ひよりとこかげがそっちに行ったみたいだから駅まで迎えてやれって」

「俺《おれ》んとこにはそんな連絡来なかったぞ」

「君、ケータイ持ってないでしょ」

「ユキ兄ちゃん、フルーツパフェ食べていい？」

「こかげと半分コならいいよ」

「それならぼく、あんみつのほうがいい」

「フルーツパフェじゃなきゃだめっ」

「なんでさ……」

「でね、父親たちは今日仕事だから、明日みんなで迎えにくるって。うち、母親たちだけじゃ電車も乗れないからさあ」

「ひより、あしたドームに行きたい」

「ぼく、水族館《すいぞくかん》のほうがいい」

「ドームじゃなきゃだめっ」

「なんでさ……」

五人が座ったファミレスのテーブル席はめちゃめちゃに賑《にぎ》やかだった。がっちゃがっちゃと食器がぶつかり、あっちからこっちへ、そっちからあっちへと会話が飛び交う。特に野球帽の女の子ひよりはたいへん元気で、ミートソースのスパゲッティを口に入れたまま終始喋《しゃべ》り散らしている。それに対して麦わら帽子を膝《ひざ》に置いた男の子こかげはひよりの勢いに完全に押し負かされている。

テーブルには時計まわりに由起、ひより、こかげ、浅井、そしてキズナである。

さて問題です。

クリームソーダに載ったアイスクリームをスプーンですくいあげながら、キズナは自分以外の四人の顔をさりげなく一望し、誰《だれ》にともなく問いかける。

この四人は二組の兄弟です。さあ、誰と誰が兄弟なのか、線《せん》で結んでみましょう。

チ・チ・チ・チ

時間切れです。

正解は、浅井と由起のこの会話からどうぞ。

「ひよりが俺の妹で、こかげがお前の弟だろ」

「違う違う、ひよりが俺の妹で、こかげが有生の弟でしょ」

「だってひよりは浅井ひよりだろ。こかげは井上こかげ」

「それ、学校ではそうなってるけどさ、実際どっちがどっちか父さんたちもよくわかってないんだよ？　そもそも病院から帰ってくるときからもうごっちゃになってたんだよ。小学校にあがる頃《ころ》まで父さんたち、ひよりとこかげの見分けついてなかったしね」

「そんな適当でいいのか。戸籍《こせき》の問題だぞ」

「ママたちに訊《き》けばわかるんじゃないかなあ。産んだ当人なんだし」

「……お袋たちはたぶん本当のこと言わねえよ」

以上。

正解はつまり〝不明〟でした。とんでもない家庭である。

母親どうしが双子の姉妹だという浅井家と井上家はひとつ屋根の下に暮らしており、ひよりとこかげは浅井たちが小学生の頃に生まれた歳《とし》の離《はな》れた妹と弟だという。二家族は半ば一体化してしまっているので真相がはっきりしなくても生活のうえで特に支障はない、らしい。ひよりとこかげにとっては父親と母親が二人ずついて、浅井と由起はどっちも〝お兄ちゃん〟であるというだけで。

……いや、それで支障がないと感じてしまうところが問題だろ、とキズナは思う。

そういうすっとんだ家庭で育ったからこそこういう大人《おとな》たちができあがったのかと、浅井と由起に交互に半眼《はんがん》の視線を送って納得するキズナであった。

「俺《おれ》、明日つきあわないからな。個展中だし」

「ずっといなきゃいけないわけじゃないだろ？」

「明日は一般公開初日だから、なるべくいるように言われてんだよ。今日は帰ったら寝る。昼まで寝て、午後から画廊《がろう》」

「えー、やだ、ユウ兄ちゃんも行こうよう」

「由起《よしおき》がいればいいだろ。寝てねーんだって俺は」

かわいい妹のお願《ねが》いをもってしても睡眠《すいみん》に対する浅井のすこぶる強固な執念《しゅうねん》を突き崩すのは難《むずか》しい。妹に泣きつかれようが大災害が起きようが家がゴジラに踏《ふ》み潰《つぶ》されようが、眠いと言い張るときの浅井は誰《だれ》がなんと言おうと寝る。

「べっつにいいよじゃあ、有生は。キズナ、一緒に行かない？」

由起に話を振られ、完全に部外者気分でクリームソーダをすすっていたキズナは目を白黒させた。

「わたし？」

でもわたし、別に関係ないしなあ。ひよりとこかげの幼い瞳《ひとみ》が品定めするみたいにじいっとこっちに向けられて、なんとなく居心地《いごこち》の悪さに尻《しり》をもぞもぞさせる。キズナは特別子どもに好かれるほうではない。同じホテルに住む女子小学生には露骨《ろこつ》に嫌われているみたいだし。ガキはコミュニケーションが取りにくくて苦手だ。

そんなキズナの怯《ひる》んだ心境を知ってか知らずか、由起は気軽にこう言った。

「そ。デート第二弾、ドーム観戦《かんせん》。コブつきなのがなんだけどね。まあ将来二人に子どもができたときの予行演習だと思って」

「誰と誰の子どもができるのさ」

受付嬢《じょう》のミサちゃんと親しげにしていたかと思えばころりとこっちを口説《くど》きにかかるこの軽

さ。キズナが冷たく突っこんでも由起は動じずにこにこして、「ああ、それともキズナの心と身体《からだ》の準備さえよければ、子どもを作るための予行演習も俺《おれ》はいつでもオーケイだよ?」「いっぺん死ね。エロ」

がちゃん、と乱暴《らんぼう》な音を立てて浅井がコーヒーカップを皿に置いた。というか叩《たた》きつけた。

わやくちゃした会話が途切《とぎ》れて四人の視線《しせん》が浅井に集まる。ひよりとこかげに至っては椅子《いす》の上で気をつけの姿勢だ。カップの中で波打ったコーヒーがこぼれてソーサーの上に黒い池を作っている。浅井は周囲の視線に視線を返すことなく、

「俺も行く」

ふてくされたような顔でそう言った。

「はあ? 行かないって言ったばっかじゃん。いいよ君、寝てれば。行きたくない人を無理には誘いませんよ?」

「行く」

むすっとして言い張る浅井に「わがままなんだから」と由起が舌打ちする。

「じゃあわたしはエンリョ」

するよ、とキズナが言いかけたとき、

「お前が行かなきゃ俺が行く意味ねえだろ」

なんだか怒られた。

「え？」

訊《き》き返したときには浅井はもう関係なさそうな顔でコーヒーカップを脇《わき》に置いて皿ごとこぼれたコーヒーをすすっている。

どういう意味……それ。とくんと跳ねる心臓《しんぞう》を押さえつけ、氷が溶けてすっかり薄《うす》まったクリームソーダをずうずうすすって顔のほてりを冷まそうとした。

さっきの画廊での素直な〝ありがとな〟といい、なんでそうゆう期待しちゃうようなことを立て続けに言うんだよ。たいした意味なんてないってわかってるけどやっぱりそういうのって期待するじゃないか。それで結局あとでがっかりしてキツくなるのはこっちのほうなのに、なんでそうゆうこと言うかなあ。自分の絵に関してはもう阿呆《あほう》かってくらい神経質なくせして人に対しては恨《うら》めしいくらい無神経だよなあ。

ひよりとこかげの子どもならではの無遠慮《ぶえんりょ》な興味《きょうみ》の視線を感じてまた尻《しり》がむずがゆい。子どもはやっぱりあまり得意ではない。好きか嫌いかって言われたら、嫌いだ。

「ひより、煙草《タバコ》買ってきて」

浅井の声で子どもたちの視線が逸《そ》れた。浅井が空《から》っぽの煙草の箱を握《にぎ》り潰《つぶ》し、ポケットから煙草のかわりに小銭をだして、

「入り口に自販あったろ」

「子どもに煙草《タバコ》買いに行かせちゃいけません。PTAに訴えられるよ。自分で行きな」

由起に鋭《するど》い突っこみを食らい、浅井はむうとうなってから、仕方なく自ら腰をあげてテーブルを離《はな》れていった。

残る全員のそれぞれの思惑《おもわく》を含んだ視線がなんとなくいっせいにその長身痩軀《ちょうしんそうく》の後ろ姿を見送る。キズナは期待とせつなさを同時に抱えつつ、由起はなんだか冷ややかに、フォークを握ったひよりとこかげは興味《きょうみ》深《ぶか》げに目を見開いて。店内の角に浅井の姿が消えると無言のまままそれぞれの食器を扱う音が戻る。キズナはもう氷だけになったクリームソーダをストローの先でつついた。

「ユウ兄ちゃんの好きな人って、この人？」

こかげが遠慮《えんりょ》がちに口を開いた。〝この人〟という指示代名詞をキズナに向けて。幸いクリームソーダは飲み尽くしていたのでキズナはむせ返らずに済んだ。

「すごく好きな人がいるんだって、ユウ兄ちゃん、前言ってた」

「えーっ、ひよりにそんなこと話してくれたことないよ。こかげばっかりずるい」

「ひよりは口が軽いもん。女だから」

「軽くないよ、ひよりだって男と男の約束くらいできるよ！」フォークをこかげのほうに突きつけて意味不明の主張をするひより。ミートソースがこかげの顔に飛び「飛ばすなよう」とこかげがぶうたれて紙ナプキンで顔を拭《ぬぐ》う。

「この人じゃないよ。ユウちゃんの好きな人は」

なんだか嫌《いや》に冷ややかな由起の声が、子どもたちの無邪気《むじゃき》なやりとりを遮《さえぎ》った。

由起はテーブルに頬杖《ほおづえ》をついて外を見ていた。表通りに面した窓からはちょうど店の入り口が見える。入り口にある煙草の自販機《じはんき》の前に浅井がでてきたところだった。

「えー、じゃあ誰《だれ》？　誰？」

ひよりがテーブルに身を乗りだして騒《さわ》ぐ。由起は答えずに、自販機に小銭を投入している浅井の背中を半眼《はんがん》で睨《にら》んでわざとか知らないがキズナたちにも聞こえるように舌打ちし、

「……サイテーだねえ、有生」

ぞくりとするほどひどく険《けん》を含んだ声音《こわね》で呟《つぶや》いた。


というわけで、明日はキズナや浅井を含めた五人の大所帯でドーム観戦《かんせん》に繰《く》りだすという珍しくアウトドアな予定が立った。

「かっこいいねえ」

「お城みたいだね」

歓楽街《かんらくがい》の場末《ばすえ》に佇《たたず》む七階建ての西欧建築、ホテル・ウィリアムズチャイルドバード——キズナ、浅井、由起がそれぞれ部屋を借りている住まいである。文明開化とやらの時代に建てられたという建物は古めかしく時代がかった趣《おもむき》を漂わせており、ひよりとこかげは正面扉の前に立

ったときから物珍しげに目を輝《かがや》かせていた。

八角柱型のエントランスホールは天井《てんじょう》が高い吹き抜けで、丸底フラスコ型の飾り灯がぐるりと壁《かべ》の内周を取り囲み、淡《あわ》い灯《あか》りで一帯を照らしている。

「誰《だれ》かいる……」

こかげが小声で言って由起の袖口《そでぐち》を摑《つか》んだ。

ラウンジのソファに横たわっている人影《ひとかげ》があった。白っぽい服が薄灯《うすあか》りにぼんやりと浮かびあがっている。ネグリジェ姿の女だった。ソファの肘《ひじ》かけに頭を横たえて素脚を投げだし、死体のように胸の上で両手を組んで目を閉じている。彼女の姿を埋め尽くすようにソファの周囲には大量の花がばらまかれていた。

「死んでるの……？」

由起のもう一方の袖を摑んでおそるおそるひよりが言ったとき、目を閉じて微動《びどう》だにしなかった女がやにわにくわっと目を見開いた。

「ああ、ロミオ！　なんてことなの、あなたが死んでしまうなんて！」

引きつった悲鳴をあげて跳びあがるこかげとひよりを由起が「しっ、見るんじゃありません」などと言いながら左右の小脇《こわき》に抱え、一同はそそくさとラウンジを通り過ぎた。

続いてエレベーターに乗りこんだ、その直後。

「やあっ」

かけ声とともに、ひよりとこかげの頭上に向かって虫捕《むしと》り網《あみ》が振りおろされた。危《あや》ういところでエレベーターの格子扉が閉まったので網は扉の外側にがんっとぶちあたり、

「おお、捕獲《ほかく》失敗じゃ」

「おお、無念。今晩のスープの材料が。ひさしぶりに子どもの肉が喰《く》えると思ったのにのう」

上昇しはじめるエレベーターを未練がましく見送りながらぼやくのは、柄《え》の長い虫捕り網をそれぞれ手にした、そっくり同じ顔の二人の老人であった。

「な、なあに、あの人たち」

立て続けに変人に遭遇《そうぐう》することになり蒼《あお》い顔をしてひよりとこかげ。

「住人」

浅井が端的に答えただけで、キズナも由起もそれ以上補足することなどないのであった。

このホテルに住んでいるのが近隣《きんりん》で悪名《あくみょう》高い〝変人〟揃《ぞろ》いで、怪奇現象が絶えないいわくつきの建物で、殺人事件まで起こったばかりだったりして……というのは、子どもの幻想をぶち壊《こわ》すこともないのであえて言わなくていいだろう。というかあえて説明しなくとも、ひと晩泊まれば身をもって思い知ることになりそうだ。今日の深夜にふと目が覚めたときに、ギターピックで神経繊維《せんい》を引《ひ》っ掻《か》かれるみたいな正体不明の金切り声を耳にしたりしたら、それこそ子ども心にトラウマになるくらいに。

じゃんけんの結果こかげが浅井の部屋に、ひよりが由起の部屋に泊まることに決まった。二

人にとって浅井と由起は本当に平等な〝お兄ちゃん〟であるらしい。キズナにはいまいち理解できないけど。そもそもひとりっ子のキズナには〝お兄ちゃん〟に抱く感情というのをリアルに想像できないので。

キズナ、由起、ひよりの三人が四階で降り、控えめに手を振るこかげと早々にあくびを噛《か》み殺している浅井を飾り格子の扉の中に残してエレベーターはさらに上へ。キズナと由起の部屋は四階、浅井の部屋が五階である。エレベーターホールから左右に枝分かれしている廊下の片手にキズナの部屋、反対側に由起の部屋がある。

「じゃあね、明日。おやすみ」

「キズナあ」

自分の部屋に向かおうとしたところを呼びとめられて、腕を引かれた。たたらを踏んでキズナは背中から由起の腕にぽんと収まってしまった。

「な、何？」

「一緒に寝ようよ」

「はあ？　何言ってんの、バカ」

身をよじって逃れたが今度は通せんぼするみたいに由起の腕が視界を遮《さえぎ》って壁際《かべぎわ》に押しやられてしまう。「ちょっと……」子どもが見てるというのになんなのだいったい。リュックサックを抱えてきょとんとしているひよりにキズナは気まずい視線《しせん》を送ったが由起は気にしたふうもない。壁に手をついてキズナに顔を近づけてくる。浅井といい由起といい、弟妹がいようがいまいがめっぽうマイペースを崩さない人間である。

「由起?」

しかしなんだか今日の由起は様子《ようす》が違った。軟派《なんぱ》っぽいことを言っているようで目がぜんぜん笑っていない。ファミレスから薄々《うすうす》思っていたことだが、いつもにこにこにやにやしていてどっちかというと冗談《じょうだん》のついでに人生やってるような由起が、今はぞっとするほど冷たい、というか、怖い。

「なんなのよ。何か怒ってるの?」

由起の雰囲気に怯《ひる》みながらも生来《せいらい》の負けず嫌いが働いて、強気な態度で由起を睨《にら》んでキズナは問う。

「キズナはいいの?」

「いいって、何がよ」

「二号でいいのってこと。皆子《みなこ》の二号で。そんな位置で満足して舞《ま》いあがっちゃうのはキズナらしくないな」

「ま、舞いあがってなんていないよ」

口をとがらせて反論《はんろん》しつつも、歯に衣着せない由起の物言いがキズナの心に直接的に突き刺さった。

ミナコ。キズナが望んでも手に入らない、〝M〟のイニシャルを持つ人。

「有生は確《たし》かにキズナのこと気に入ってるけど、まあ有生は否定するかもしれないけどね、とにかく、それってやっぱり今でも皆子の〝次〟なんだよ。キズナ、言ったじゃん、自分を認めさせるんだって。皆子じゃなくて自分を描きたいって思わせてやるって」

「言ったよ。忘れてないよ」

壁《かべ》に背中を張りつけて一時《いっとき》由起と睨《にら》みあう。壁に灯《とも》る黄みがかった飾り灯が普段軽薄《ふだんけいはく》な由起の片頬《かたほお》に深い陰影《いんえい》を刻みつけ、由起には似つかわしくない暗い雰囲気に沈ませている。

「……それなら別に、いいけどさ」

由起のほうから視線《しせん》をはずし、壁から腕を離《はな》した。納得したというよりは単にそれ以上言うのをやめただけという感じだった。

「おやすみ。行くよ、ひより」

リュックサックを抱えて固まっていた小さな妹の肩を押す。ひよりはちらちらと由起の顔を見あげてはキズナのほうを振り返りつつ、突っかかり気味の斜め歩きで由起に従った。四一二号室のドアに二人の姿が消えていく。キズナは壁に張りついたままそれを見送り、知らずに緊《きん》張《ちょう》していた肩の力を抜いた。

「何よ、もう……」

そのまま壁に後頭部を預け、天井《てんじょう》を見あげて吐息《といき》した。

子どもの前であんな話、しなくてもいいのに。何急に怒ってんだか、変なの。だいたい一号とか二号とかって、教育に悪いだろ。

「わかってるよ、そんなこと……」

独りごちる。

はじめは本当に純粋な対抗意識《いしき》だった。ただ日当一万五千円で雇《やと》われているモデルの意地として、浅井にとって皆子以上のモデルになってやるって。それだけだった。

でも、今はたぶん、それだけじゃない。

たまに優《やさ》しかったりするのも独占欲《どくせんよく》みたいな言動も、浅井にとってはどうせ他意のない気まぐれだろうってわかってる。期待して傷つくのは自分だって。

それでも……やっぱり、嬉《うれ》しいんだよな。

バカだよなあ、わたし。

§

翌朝、その騒《さわ》ぎは起こった。

直接の原因がなんだったのかキズナは知らない。わかっているのは、由起から浅井を殴ったらしい、ということ。確《たし》かに由起は昨夜《ゆうべ》から浅井の言動が気に入らないふうではあったけど。

普段《ふだん》から二人は決してべたべたに仲良しな従兄弟《いとこ》ではない。しかし由起は常に浅井の周囲をフォローしていたし、それに応《こた》えて浅井も由起を信頼していた。そんな関係にキズナの目には見えていた。

その由起のほうから今回はキレた。

あっちからやられたら浅井もキレる。

そんなわけでキズナが浅井のアトリエに駆けつけたときには、大の男二人が馬乗りの上下をとっかえひっかえしつつ本気で殴りあいをしていた。といっても喧嘩《けんか》の経験値《けいけんち》では完全に由起に軍配があがる。由起は口の端に痣《あざ》を一つ作っているだけだったが、浅井はその三倍くらいやられていた。

二人の小学生、ひよりとこかげはアトリエの入り口近くに突っ立って兄二人の大喧嘩を見つめていた。ひよりは顔を真っ赤《まっか》にして半泣きになり、こかげは表情を失った蒼白《あおじろ》い顔で、表面的な反応は違えどとにかく二人とも怯《おび》えきっていた。ひよりの両腕にリュックサックがぎゅっと抱えこまれているのが痛ましかった。ドーム観戦《かんせん》を楽しみにして目を覚ましたに違いないのに、とてもこれから楽しいおでかけなんていう状況ではない。

「なんなんだ、いったいっ。何が気に入らないって？」

「何もかも気に入らないね、君のやり口がさ」

浅井の上に馬乗りになった体勢で浅井の胸ぐらを掴《つか》みあげて由起。浅井の背中が床《ゆか》から軽く

浮く。

「個展がうまくいったからって調子《ちょうし》乗ってんじゃないよ?」

「調子乗ってる? 誰《だれ》が」

「君が。無事個展までこぎつけてオープニングパーティーも盛況で、さぞゴキゲンなことだろうね、ゲージュツ家先生」

「別にご機嫌《きげん》なんかじゃねえよ」

「浮かれてんのミエミエなんだよ。溜《た》めこんでた皆子の絵をようやく世の中に吐きだすことができたんだもんな? そりゃ気分がいいだろうなあ、キズナにもついつい優《やさ》しくなっちゃうくらいにさ。……あんまり世の中ナメんじゃないよ。君の気分次第で振りまわされるまわりの身にもなってみな」

何故《なぜ》わざわざそんな言い方をして浅井の逆鱗《げきりん》に触れるのか。皆子を持ちだして無神経なことを言われて浅井がキレないわけがない。

鼻先を突きつけて互いに本気で殺気すら感じられる剣呑《けんのん》な顔で睨《にら》みあう二人。一時沈黙《いっときちんもく》してから同時に舌打ち。下になっていた浅井が床《ゆか》すれすれで上体をねじり、床に落ちていた木材を摑《つか》んだ。どうやら倒壊《とうかい》したイーゼルの脚だ。その木材を手加減なしに由起に向かって薙《な》ぎ、危うく由起が跳びのいてかわす。木材が床を打つ音にひよりとこかげがかわいそうなくらいに身を縮《ちぢ》こまらせる。しゃがんだ体勢で浅井が木材をかまえる。由起も左右に素早《すばや》く視線《しせん》を走らせ、手近にあった折りたたみのデッキチェアを掴み寄せた。

もはやなんでもありの場外プロレスである。従兄弟《いとこ》どうしのじゃれあいではとても済まされない。二人とも完全にキレていた。由起はこんな度を超えた喧嘩《けんか》をするタチじゃないし、浅井はそもそも喧嘩をするタチじゃないはずなのに。

凶器《きょうき》まででてきたらキズナも黙《だま》って見ているわけにはいかない。

「ちょっと、いい加減にしなさいよ！」

張りあげたキズナの声に、浅井と由起が牽制《けんせい》しあいながらもこっちを見た。

ひよりとこかげを背にかばうように前に立ってキズナは憤然《ふんぜん》として二人を睨《にら》みつけ、

「子どもの前で大の男二人がマジバトルなんて、恥ずかしいと思わないの？」

「俺《おれ》から手ぇだしたんじゃねえよ」

青痣《あおあざ》を作った口の端を手の甲で拭《ぬぐ》って浅井が毒づく。

「由起、わたしをダシに使うのはやめて。文句があればわたしが直接浅井さんに言うわ」

「俺は単に俺が有生にムカついてるだけだよ」

デッキチェアを乱暴《らんぼう》に手放し、横目で浅井を睨みやって由起。浅井がそれに舌打ちすると由起も舌打ち。両者歩み寄る気はまったくなさそうだ。

「ねえ、ドームは……？」

キズナの後ろから顔を覗《のぞ》かせておずおずとひよりが言った。

「うるせえよ。行かねえよ」

「気分屋もたいがいにしろ、有生！」

吐き捨てた浅井の声を遮《さえぎ》るように由起の怒声《どせい》が飛ぶ。残響《ざんきょう》を引いてその声が消え、一瞬《いっしゅん》しんと静まり返った。

ぐすん、とひよりが鼻をすすった。それに引きずられるようにこかげもひっく、としゃくりあげた。小さな手を固く繋《つな》ぎあい細かく身体《からだ》を震《ふる》わせて、二人ともがぐずりはじめた。一生懸命《いっしょうけんめい》に嗚咽《おえつ》を押し殺しているのがわかるが、ぐす、ぐすと途切《とぎ》れ途切れに嗚咽が漏れてくる。

さすがにばつが悪くなったのか由起が怒声を収めて唇を噛《か》んだ。しかし弟たちをなだめようとすることはなく、抑えようのない怒気を孕《はら》んだ視線《しせん》を浅井にもう一度投げてから、きびすを返して大股《おおまた》でアトリエをでていった。

「由……」

思わず少し脇《わき》にどいて見送るキズナたちを一瞥《いちべつ》もしなかった。しかし最後にふわりと残していった甘い香りはいつもの由起の香りで、浅井はともかく由起は今日本当にちゃんと二人をドームに連れていくつもりでいたに違いなく、それなのに。

「ユウ兄ちゃん……ドーム……」

キズナの背後に隠れつつひよりが浅井に懇願《こんがん》するような声をかける。浅井は手の甲についた血に舌打ちをして、

「行かねえっつってんだろ。でてけよ」

やはりこっちを一瞥することもなく。とりつく島もなかった。乱闘《らんとう》で荒らされたアトリエは放置したままタオルを掴《つか》んでバスルームに入り、乱暴《らんぼう》にドアが閉まると、シャワーの音が勢いよく聞こえはじめた。


で、結果的にひよりとこかげを押しつけられたのがキズナである。

五階のアトリエを閉めだされる格好になり、一階のラウンジのソファに並んで腰かけてしょんぼりとうつむく二人の小学生をキズナは内心たいそう持てあましていた。

キズナには兄弟がいない。この十七年間、同年代の友だち以外との交流なんてほとんどなかった。これくらいの歳《とし》の子の扱い方なんて知るわけがない。

それでも一応なけなしの気を遣《つか》い、我《われ》ながらわざとらしい愛想笑《あいそうわら》いを張りつけて、

「ねえ、ドーム、わたしと行こうか？」

と言ってみたりもするのだが、ひよりとこかげから返ってきたのはあからさまに警戒《けいかい》した視《し》線《せん》だった。

「いやいや、誘拐《ゆうかい》はしないから」

などと取《と》り繕《つくろ》うキズナである。誘拐したいと思ったのはわりと本気なのだが、ちょっと言ってみただけ言ってみただけ。浅井と由起の縮小版《しゅくしょうばん》を独占して愛《め》でられたらさぞかわいいだろ

うなとは思うものの、いかんせん子どもに好かれる方法がわからない。

「ユウ兄ちゃんとユキ兄ちゃんがケンカしたの、この人のせいなんだ」

膝頭《ひざがしら》に視《し》線《せん》を落としてか細い声でこかげが言った。

「ひよりも知ってる。この人、ユウ兄ちゃんとユキ兄ちゃんにフタマタかけてるんだ。ユウ兄ちゃんにもユキ兄ちゃんにも色目を使ってたもん」

大きな瞳《ひとみ》に涙をいっぱいに溜《た》めてひよりが言った。

この人が自分のことを指していると気づくのに三・五秒ばかり要した。

「あのねえっ、本気で誘拐して大陸に売り飛ばすぞ」

思わず声を荒らげてしまい、ひよりとこかげが身を縮《ちぢ》める。しかし涙目でこっちを睨《にら》んで全身で拒絶感をいっぱいに突き刺してくる。昨日ちゃんと紹介されたはずの人間をまだこの人呼ばわりって、どういう教育されてんだよ。

「ああ、もう。知らない」

二人の正面のソファにどかっと腰を落とし、身体《からだ》を沈めて天井《てんじょう》を仰《あお》ぐ。お手あげだ。キズナにはこれ以上二人の心の領域に踏みこむすべがわからなかった。

しくしくとすすり泣く声が聞こえてきた。

「ひっく、兄ちゃんたち、怒ってた……」

「だいじょうぶだよ。兄ちゃんたち、ひよりたちに怒ったんじゃないよ」

「でも、怒ってた、けど、うっく……」

「お、怒ってた……」

一つだったすすり泣きがそのうちに二つに重なって聞こえはじめる。外は珍しく行楽日和《こうらくびより》のいい天気だというのにラウンジにはじめじめした空気がどんどん沈殿《ちんでん》してきてそのうち池になって溺《おぼ》れそうだ。

だからガキは苦手《にがて》なんだ。泣き虫で弱っちくて、そのくせ変に想像力だけ逞《たくま》しくて、大人《おとな》のちょっとした言葉を真に受けて簡単《かんたん》に傷つくから。

湿気と一緒に耳に浸蝕《しんしょく》してくる不景気なすすり泣きから耳を塞《ふさ》ぎたい気分だった。

しかし泣き声はいつの間にか聴覚《ちょうかく》だけでなく自分の頭の中からも響《ひび》きはじめていた。部屋の隅《すみ》で縮こまり膝《ひざ》を抱えてすすり泣く、幼い自分自身の声が。


殺すぞ、というのが口癖《くちぐせ》のような男だった。それはもちろん脅《おど》し文句《もんく》のたぐいであって、即座に実行に移すつもりで言っていたわけではないだろう（それでも行き着くところまで行き着いたら実行していた可能性もあっただろうが）。しかし幼かったキズナに本気と脅しの違いなどわかるはずもない。

身体《からだ》の弱かった母がたびたび入院すると、〝あの男〟は特に荒れた。母が入院するとそれを見計らったように母の兄が「金を返せ」とやってくるのだ。

「うるせえ、殺すぞ！」

その日も玄関先でそんな罵声《ばせい》が聞こえた。母の兄も怒鳴《どな》られて黙《だま》っているような男ではなかったから、大人二人が大声で罵《ののし》りあう声が安い造りの鉄骨アパートメント中に轟《とどろ》いた。

金返せ、殺すぞ、死ね、という殺伐《さつばつ》としたたぐいの言葉がたくさん聞こえ、キズナはそのたびに今まさしく伯父《おじ》さんか〝あの男〟のどっちかがどっちかを殺すところなのだ、それが済んだら生き残ったほうが血濡《ちぬ》れた包丁を手に部屋に入ってきて今度は自分を殺すに違いないのだと思いこみ、部屋の奥で小さくなってすすり泣き震《ふる》えていた。

確《たし》かまだ小学校に入るか入らないかの頃《ころ》である。幼い少女の世界はごくごく狭くて、〝あの男〟が怒るということは世界で一番の権力者が怒っていることになるわけで、それはもう絶望的にキズナを恐怖させた。〝あの男〟が怒鳴るたびに雷が落ちたみたいに安アパートの壁《かべ》がびりびりと震えた。自分に向けられた怒声《どせい》でなくともその声は条件反射でキズナの心臓《しんぞう》をすくみあがらせるようになっていた。伯父さんもたくさん怒鳴った。伯父さんは大柄《おおがら》で力の強い人で、玄関の鉄のドアを拳《こぶし》でがんがん殴りながら〝やってみろ、やってみろ〟と〝あの男〟を煽動《せんどう》することもあった。

「今度来やがったら殺すぞ！」

壁を震わせてドアが乱暴《らんぼう》に閉まった。玄関口ののれんを払いのけて、酸素不足で白い顔をした〝あの男〟が部屋に戻ってくる。部屋の隅《すみ》っこでうずくまっている幼いキズナの姿を見ると忌々《いまいま》しげに口を歪《ゆが》めて、

「まだ食ってなかったのか、俺《おれ》が作るメシはそんなにまずいか！」

怒声が再び壁《かべ》を震《ふる》わせる。キズナは心臓がとまるほどにすくみあがりながら四《よ》つん這《ば》いで食卓に飛びつき、すっかり冷めた夕食を詰めこみにかかる。恐怖のあまり消化器官などとっくに硬直して喉《のど》に固形物が通らないのに、それでもまた〝あの男〟に怒鳴られないように無理に詰めこんだ。食道が痛くて苦しくて、しかし咳《せ》きこむことすら許されない気がして、とにかく息をとめてほとんど嚙《か》まずに飲みくだす。

「おい」

食卓の正面にあぐらをかいて缶ビールをあけながら〝あの男〟が呼んだ。〝あの男〟はいつもキズナを「おい」とか「チビ」とか呼んでいた。目を見て話すことはなかった。

何か気にくわないことをしただろうか。箸《はし》を間違った形に握りこんでキズナは上目遣《うわめづか》いに怯《おび》えきった視線《しせん》をあげる。缶ビールを呷《あお》る〝あの男〟の無精ひげが濃《こ》く生《は》えた顎《あご》だけを視界が捉《とら》える。

「明日は外で食うか。俺のまずいメシなんか食いたくねえだろ」

投げやりでぶっきらぼうな感じで、でもそのときはもう怒鳴り声ではなかった。

「……」

キズナは黙《だま》って手にしたお茶碗《ちゃわん》に視線《しせん》を戻した。〝あの男〟が炊《た》くご飯はいつも硬めで、炊きたてではなくなっていたのでだいぶ黄ばんでいた。

「まずくは……ない」

首を振ってか細い声でそう答え、もう少しゆっくりと噛《か》んでご飯を食べはじめた。

……ああ、変なことを思いだしたなあ。

ソファの肘《ひじ》かけに頭を預け、まだ少しまどろみに浸《つ》かったぼやけた思考で考えた。なんで急にこんな夢をみたのだろう。もう何年も、〝あの男〟の顔も声も思いだしもしなかったのに。

「……あれっ？」

唐突《とうとつ》に現実に引き戻された。

いつの間にうとうとしていたのだろう。何時だ？　吹き抜けのエントランスホールの明かり取りから射《さ》す薄日《うすび》はすでに中天に昇り、白濁《はくだく》した光と塵《ちり》のカーテンを幾重《いくえ》にも織《お》りなしている。向かい側のソファにいたはずのひよりとこかげの姿がなかった。ひよりが抱えていたリュックサックがぽつんと取り残されているだけで。

「もう、あのガキども、どこ行ったのっ」

近くに姿は見あたらない。寒くもないのに背筋に寒気が走った。不本意ながらのなりゆきとはいえ、自分が面倒《めんどう》を見ているべきときに子どもたちに万一何かあったらたいへんだ。

リュックサックが残っているということは外へ行ったわけではないのだろうか。最初はそう考えて、浅井の部屋や由起の部屋に行ってみた。しかし二人ともとっくに外出しており部屋は閉ざされていた。エレベーターを待つ時間がもどかしく四階、五階へと階段で駆《か》けあがったのですっかり息を切らしてしまった。

「もーっ……」

五階の浅井の部屋の不在を確《たし》かめたところで、膝《ひざ》に手をつき苛立《いらだ》ちまぎれの溜《た》め息《いき》を吐く。

「やっぱり外に行っちゃったのかな。どうしよ……」

浅井と由起になんと説明すればいいのか。いやそもそも妹たちの面倒《めんどう》を放棄したのはあの男たち二人のほうなのであって、キズナは縁《えん》もない子どもを押しつけられただけなのだ。もう放っておけばいいとも思うのだが、一度関《かか》わりあいになってしまったからには投げだすこともできない性分《しょうぶん》である。

仕方ない、外に捜しに行ってみよう。もしかしたら二人でドームに行こうとしたのかもしれない。思いつくあてはそれだけだったが、何もあてがないよりはマシだ。ドームまでは地下鉄を乗り継いでいかないといけないはずだから田舎《いなか》からでてきた小学生二人では迷うだろう。あもう、ロリコン変質者にでも目をつけられて本当に誘拐《ゆうかい》されたらどうするんだよ。だったらいっそわたしが誘拐しとけばよかったよ……などと冗談《じょうだん》とも本気ともつかないことを考えながら、さすがに疲れてふらふらと一階まで降りたときだった。

「おお、四階の不良娘」

一一二号室のドアがあき、中から住人がひょこりと顔を覗《のぞ》かせた。干からびたミイラみたいな顔が二つ並んで。このホテルの住人でもっとも古株と言われる双子の老人である。

「ちょうどよかった。スープが煮えているところじゃ。昼飯を食っていかんかね」

「今日は特別美味《うま》いスープができとるぞい」

「調子《ちょうし》に乗ってちょっと作りすぎてしまってのう」

黄ばんだ前歯を覗かせてにやにやしながら交互に喋《しゃべ》る老人たち。薄灯《うすあか》りの廊下にぼうっと浮かびあがるように現れた妖怪《ようかい》じみた老醜《ろうしゅう》にキズナは少々ぎょっとしつつ、

「今それどころじゃないの。急いでるから」

そもそもここの住人たちは同じ屋根の下に住んでいるとはいえ互いにあまり交流などしない。食事に誘われるなど怪訝《けげん》なことである。眉《まゆ》をひそめてすげなく断ると、老人たちは何やら意味ありげに顔を見あわせてにやにや笑う。

「そうか……残念じゃのう。今日は珍しい食材が手に入ったんじゃがのう」

「二匹も捕まえたもんだから食いきれんでのう」

「若くて実に生きのいい奴《やつ》らじゃったわ」

「しかし柔らかくて格別での。やはり肉は子どもに限るのう」

今にも抜け落ちるのではないかという前歯を楽器みたいにかたかた鳴らして老人たちは交互に喋《しゃべ》る。気味の悪いしわがれ声を聞くうちに、嫌《いや》な予感が胸に突きあげてきた。

子どもの、肉、二匹……？

「スープのダシは子どもの骨」

「スープの具材は子どもの肉」

「パンのペーストには子どもの脳みそ」

「デザートは子どもの目玉のシロップ漬け」

まさか――。

歌うような抑揚《よくよう》で喋る老人たちを乱暴《らんぼう》に押しのけて、キズナは一一一号室に飛びこんだ。

「ひより、こかげ！」

戸口で叫び、……言葉を失って立ち尽くした。

丸テーブルに寸胴鍋《ずんどうなべ》が用意され、乳白色のスープが湯気を立ちのぼらせていた。中には柔らかそうに煮こまれた肉塊《にくかい》が覗《のぞ》いている。大きな肉切り包丁、まだ血の痕《あと》が生々しいまな板、手《て》慣《な》れた感じで処理された内臓《ないぞう》の残骸《ざんがい》、そして金属バットに並べられた、ちっちゃな爪《つめ》がついたままのちっちゃな手足とひょろっとした長い耳。

……ん？

長い、耳？

「生きのいい仔《こ》ウサギが二匹も手に入ってのう」

「いやあ、ウサギを捌《さば》いたのなんて久しぶりじゃったのう。わしらが若い頃《ころ》には山で捕ってきたもんじゃがな」

「ひゃっひゃっひゃっひゃっ」

背後で実に愉快《ゆかい》そうに笑う老人たちを、キズナはお望みなら今すぐ天寿《てんじゅ》をまっとうさせてやろうかジジイどもという物騒《ぶっそう》な目つきで睨《にら》んでやった。

部屋の奥のベッドの中で、タオルケットをかけられたひよりとこかげが頭をくっつけあって愛らしい寝息を立てていた。二人とも口の端にスープのかすやパンくずをつけて。

「……わたしさあ、子どもの前で怒鳴《どな》る大人《おとな》が大っキライなんだよね。うちのね、いちおう親《おや》父《じ》だった男がいるんだけど、そいつすごい怒鳴る男でさ、怖かった。わたし、家の中でいつもびくびくしてた。まああんなの怖がってたの小学生までだし、その親父ももういないんだけど。生きてるのかどうかもわかんない」

テーブルに行儀《ぎょうぎ》悪《わる》く突っ伏すようにしてキズナはスープをすすり、レバーペーストを塗《ぬ》ったパンを噛《か》みちぎり、そして胃が膨《ふく》らんだぶん押しだされた毒を吐きだすように話した。〝あの男〟がいた頃の話なんてあまり他人にしたことはなかったのだが。

双子の老人はロッキングチェアに深く身体《からだ》を沈め、クリームがたっぷり載ったホットチョコレートを舐《な》めながらキズナの話を聞いた。あのおいしそうなホットチョコレートも食後にもらおうとキズナは思う。

「まあね、今思えば親父も親父なりに、ガキのわたしとコミュニケーションを取ろうとしてたのよ。弱っちくて壊《こわ》れやすくてすぐびいびい泣くわたしをどう扱っていいのかわかんなかったんだと思う。わたしが泣くとファミレスに連れてってくれた。あれって本当は弱り果てて、親父なりにわたしに気を遣《つか》ってたのね。ファミレスに連れてくくらいしか子どもをよろこばせる方法がわからない大人だったのよ。親父は見栄っ張りだったから、わたしがどうして欲しいか直接わたしに訊《き》くなんてこと絶対しなかったし。

いつも偉そうにしてて、俺《おれ》はこの家の権力者だ、お前は俺の所有物だ、文句あるかって態度で。今どきないでしょ、そんな恐怖政治の家庭なんかさ。今どきそんな親、子どものほうから見限るよ。親がいなくても子は育つんだからさ」

「……父親というもんはのう、子どもの前では見栄を張ってでも強くあらねばならんのよ。昔はそんな父親はいくらでもおった」

ホットチョコレートを舌の上で味わいながら老人の一人が言った。昔を思いだすかのように目を細めると、その細い双眸《そうぼう》は深く刻まれた皺《しわ》の一部になる。

「親父というのは抑圧《よくあつ》の象徴《しょうちょう》で、絶対的な存在で、家庭という社会に君臨《くんりん》する支配者じゃった。しかしそういう親父を子どもたちは畏怖《いふ》しながらも尊敬したものじゃ。今はそういう親父はすっかり減ってしまったがのう」

老人のもう一人が言った。

「じいさんたちって、家族はいないの？　奥さんとか子どもとか孫とか」

ふと疑問に思い、スープから顔をあげて訊《き》いてみる。双子の老人の家族の話など聞いたことはない。

「子どもは煮て喰《く》ってしまったかのう」

「妻は皮を剝《は》いで売り飛ばしてしまったかのう」

双子の老人はとぼけた顔でそう言って、ひゃっひゃっひゃっと不気味に空気を震《ふる》わせて笑い声をハモらせた。あきらかにはぐらかされたが、ちぇっと舌打ちしただけでキズナは追及しなかった。住人たちがそれぞれどんな事情を抱えてこの〝変人ホテル〟に棲《す》み着いているのか話題にする者はあまりいない。それはなんとなく暗黙《あんもく》の了解で、住人たちのあいだでタブーとされていた。

幼い頃《ころ》のキズナにとって〝あの男〟は抑圧の象徴だった。腕力と怒声《どせい》でもってキズナの上に君臨していた。

……ただ、変だけど、キズナはたぶん〝あの男〟を慕《した》っていた。

幼かったキズナにとって、〝あの男〟は唯一身近にいる大人の男だった。自分を守ってくれる唯一のものだった。見捨てられたら終わりだった。キズナの家は貧しかったし、頼れるものは他《ほか》になかった。だからキズナは無条件で〝あの男〟を慕《した》った。

「どんなに怖くても、怒鳴《どな》られても……あいつから離《はな》れようとは思わなかった。子どもってそういうもんなのよね」

テーブルに両肘《りょうひじ》を乗せて頬杖《ほおづえ》をつき、思い浮かべようとしてももう〝あの男〟の顔ははっきりとは思いだせない。無精ひげの顎《あご》と缶ビールを持つ黒っぽくてごつごつした手。「明日は外で食うか」怒鳴ったあとでばつが悪そうにぶっきらぼうにそう言う声。

奥のベッドで眠っているひよりとこかげに視線《しせん》を流す。枕《まくら》の上で頭をくっつけあい、小さな手を二人のあいだで軽く握りあっている。不器用で見栄っ張りな兄二人を、怒鳴り声に怯《おび》えて傷ついても、それでも無条件で慕う――弱っちくて傷つきやすくて壊《こわ》れやすくて面倒《めんどう》くさくて、でもとても愛らしい、小さな生き物。

幼い頃《ころ》の自分と少し似ているような気がした。

§

「謝《あやま》んなさい。ひよりとこかげに」

夕方、それぞれあきらかに見つからないようにこっそり帰ってきた浅井と由起をキズナはめざとく捕まえた。五階の浅井のアトリエに二人を並んで立たせ、その前にひよりとこかげを押しゃる。身をすくめて兄たちの顔色を窺《うかが》う弟たちを前にして浅井と由起はばつが悪そうにしつつも横目で互いにまだ忌々《いまいま》しげな視線《しせん》を交わしあうのでキズナはイラッとし、

「まだ喧嘩《けんか》したいんだったら今から再開してもいいのよ？　気が済むまで存分にやればいいわ。角材でも鉄パイプでも使ってね。ほら、どれにするのよ？」

「ちょっ、キズナ」

アトリエに放置されているガラクタの中から凶器《きょうき》になるものを掘りだしにかかるキズナをさすがにうろたえて由起がとめた。キズナは手にした角材を放りだし、腕組みをしてあらためて高い位置にある二人の顔を睨《にら》みあげる。浅井と由起が怯《ひる》んでそれぞれ反対側に視線を逃がす。

「それくらいの中途半端な覚悟しかないんなら、子どもの前でみっともない殴りあいなんかしないことね」

「だから由起《よしおき》のほうが突っかかってきたんだって」

「黙《だま》りなさい」

ぼそっと反論《はんろん》する浅井の声をぴしゃりと遮《さえぎ》る。浅井は仏頂面《ぶっちょうづら》で口をつぐむ。

「浅井さんが気分屋なのは本当のことでしょ。行くって言ったり行かないって言ったり。そんなんだったら最初っから行かないを貫《つらぬ》いたほうがよっぽどマシよ。気分で態度を変えて子どもを振りまわすのは最低だわ。そんなんじゃ子どもは頼るべきものを見失っちゃう。弟たちがあんたたちを全面的に信じてるってことをもっと本気で受けとめて。弟たちにとってあんたたち

はいつもカッコいいお兄ちゃんでいて」

我《われ》ながらけっこう無茶《むちゃ》なことを言っていた。でも、とキズナは思うのである。ひよりとこかげの前では、浅井と由起には格好いい男でいて欲しいのだ。無条件で慕《した》ってくれる存在がいればこそ、その信頼を踏みにじるような大人《おとな》にはならないで欲しい。

浅井と由起はもう一度仕方なさそうに視線を交わしあい、それからびくびくして待つ弟と妹に向かって、

「悪かった」

と、揃《そろ》って言って頭をさげた。

ひよりとこかげは目をまんまるにして顔を見あわせ、

「兄ちゃんたち、もうケンカしない……？」

おそるおそるひよりが問う。

「んー。うん」

歯切れが悪いながらも頷《うなず》く兄二人。ひよりとこかげはもう一度顔を見あわせ、それまで沈んでいた表情をようやくぱあっと輝《かがや》かせた。浅井と由起はどうにもまだぜんぜん仲直りする気はないみたいであとで覚えてろみたいな視線をこっそり突き刺しあっていたが。キズナは肩をすくめて溜《た》め息《いき》をついた。

ぎりぎりでナイター観戦《かんせん》に間にあった。ライトスタンドに見つけた空席にひよりが真っ先に滑《すべ》りこんでいき、続いてこかげ、由起、キズナ、浅井……足取りの重さ順というか、端に行くに従って野球への興味《きょうみ》が露骨《ろこつ》に薄《うす》くなっていくという並び順である。

中学時代にソフトボールの経験《けいけん》があるキズナはまだしも、どう考えたって浅井が積極的《せっきょくてき》に野球を観戦するわけがない。売り子から買い求めたビールを舐《な》めつつ浅井はドーム型の巨大な天井《てんじょう》に煌々《こうこう》と灯《とも》るライトに顔をしかめて終始眠たそうで、周囲ではじける興奮《こうふん》した歓声に興味を示す様子《ようす》もなかった。しかし普段《ふだん》だったら十中八九途中で帰りてー、帰りてーと言いだしそうなものだが、浅井にしてはおそらく相当な忍耐力を振り絞って、文句を言うことなく最終回までつきあった。

九回裏。得点は二点差、二死満塁《まんるい》。いやが上にも盛りあがる。

カットバセ、カットバセ！

攻めるライトスタンド側は熱気《ねつき》に包まれ、野球狂のおじさんたちがメガホンや手ぬぐいを振りまわして声援を送る。太鼓《たいこ》やラッパが最後の力を振り絞るようにスタンドの空気いっぱいを打ち鳴らす。

隣《となり》の人間の声も聞きとりづらい状況の中、一人だけ違う場所にいるみたいにテンションの低い浅井が何か言った。

「え？　何？」

もともと通りの悪い浅井の声などぜんぜん聞こえない。大声で訊《き》き返してキズナは隣《となり》の浅井に顔を寄せる。グラウンドのほうに何気ない視線《しせん》を流して、もう一度浅井が言った。

「……なんかすげえな、お前って」

かきぃ――――ん

ひときわ高く澄《す》んだ音が場内の喧噪《けんそう》を突き抜けた。

歓声《かんせい》に引き寄せられてキズナも視線を振り向ける。白球が天井《てんじょう》に灯《とも》る白いライトに呑《の》まれるように高く高く打ちあげられ、放物線を描いてぐんぐん伸びる。場内のすべての人間が顎《あご》を持ちあげて白球の行方《ゆくえ》を追う。

ぐんぐんぐんぐん。ぐんぐんぐんぐん……ライトスタンドで目をみはって固まっているキズナの目の前へとそれはあっという間に迫ってきて。

左右から同時に手が伸び、二つの手のひらが重なるようにして、キズナの鼻先すれすれのところで白球を受けとめた。

ひっきりなしに四方から鼓膜《こまく》を叩《たた》いていた喧噪が、時間が凍りついたみたいに一瞬《いっしゅん》だけ途切《とぎ》れて、

「……ぎゃく、」

「てんっ」

「サヨナラア――――ッ！」

ライトスタンドの観客《かんきゃく》たちがいっせいに立ちあがり、拍手喝采《はくしゅかっさい》がわき起こった。

喝采のど真ん中でキズナはまだ少しのあいだ何が起こったのか把握できずに固まっていた。

「すごい、すごい、ホームランボール！　ちょうだい、ユキ兄ちゃん、ちょうだい！」

あいだに挟まれたこかげをほとんど乗り越えるようにしてすっかり興奮《こうふん》したひよりが由起が持つ白球に手を伸ばす。ようやくキズナも事態を把握して、隣の由起と、反対側の隣の浅井と、二人の顔を交互に振り仰《あお》いだ。

「あ、ありがと」

左右の二人とも何ごともなかったような顔でそっぽを向き、キズナの頭上で互いにうっとうしそうな視線《しせん》を交わしあった。

§

ホームランボールは打った選手の何号目だかの記念ボールだとかで返却を求められ、ひよりはぐずりながらも渋々ボールを差しだした。しかしかわりに選手のサイン入りのぬいぐるみをもらってすぐに機嫌《きげん》をなおした。

その晩、銀色のセダンに乗ってホテル・ウィリアムズチャイルドバード前に迎えに来たのは、父親が二人と母親が二人。

「ユウちゃん、ユキちゃん！　もう、二人ともぜんぜん帰ってきてくれないんだからあ」

車から降りるなり母親たちはソプラノトーンの声をハモらせてきゃあっと騒《さわ》ぎ、浅井と由起を半ば無理矢理《むりやり》抱き寄せた。続いて駆《か》け寄っていったひよりとこかげをこれまたきゃあきゃあ騒いで交互に抱きしめていた。

話に聞いていたとおり、それぞれ別々の二家族のはずなのに完全にこんがらかっていた。なるほどこういう環境《かんきょう》で育つとちょっとしたことじゃ動じないふてぶてしい青年ができあがるのだなと、母親たちに撫《な》でくりまわされて微妙《びみょう》にげんなり顔の浅井と由起を見やってキズナは内心で頷《うなず》いたものである。

由起と浅井の父親はすぐに見分けがついた。由起の父親はフレームレスの眼鏡《めがね》が洒落《しゃれ》た感じの朗《ほが》らかな人であり、浅井の父親は白髪《しらが》が少々混じりはじめたぼさぼさの髪に無精ひげ、いまいち愛想《あいそう》の悪い、浅井が二十年か三十年たったらこうなるだろうなあという雰囲気そのままの人だったから。

しかし母親二人のほうはといえば。

「ねえ、どっちがどっちのお母さんなの？」

由起をつついてキズナはこそっと訊《き》いてみた。

「何言ってんの、見ればわかるでしょ。こっちが俺《おれ》の」

片方の母親を指差して言いかけてから由起はいったん固まって、

「あれ？　あっちか」

　ともう片方の母親を指差して、少しの沈黙《ちんもく》のあと、〝どちらにしようかな〟で母親を決めはじめたのでキズナはもう訊かなかった。

　二人ともおんなじ顔をしていた。二十歳《はたち》を越える長男がいる歳《とし》には見えないほど若々しくかわいらしくて、セットで作られたお人形みたいにお揃《そろ》いのワンピースを着て並ぶ姿はむしろ不気味なほどである。

　父親たちに促《うなが》されて車に乗りこむ前に、ひよりとこかげが思いだしたようにきびすを返してこっちに駆けてきた。反射的に内心で身構えてしまうキズナの手をひよりが引っ張り、二人が背伸びをして顔を寄せてくる。

「ん？」

　身をかがめたキズナの耳に、それぞれ左右から手で覆《おお》い隠すようにして唇を寄せ、交互に囁《ささや》いた。

「キズナ、ユウ兄ちゃんとユキ兄ちゃんのお嫁《よめ》さんになってもいいよ」

「キズナだったら許したげる」

　呼び方が〝この人〟ではなくなっていた。

「……って、二人とものヨメにはなれないぞ」

　呆《あき》れて呟《つぶや》くキズナを残して二人は身軽に駆《か》け戻り、まだ少し遠慮《えんりょ》がちなはにかみ笑いを残して車に乗りこんでいった。

(かわいいこと言うじゃないか、くそう)

このまま放っておいて、あのあどけない子たちがふてぶてしくてかわいげのない青年に成長してしまうのを防ぐためにはやっぱり誘拐《ゆうかい》しておくべきだろうか、とキズナはけっこう本気で思った。

四人の大人《おとな》と二人の子どもを乗せたセダンがホテル・ウィリアムズチャイルドバードの前を去っていく。ネオンサインがぽつぽつと滲《にじ》む夜道の先にセダンのテールランプが溶けて消えると、浅井と由起は目をあわせようとすることもなくたっぷり距離《きょり》をあけてホテルに向かってきびすを返した。

「ちょっとぉ」

キズナは慌《あわ》てて二人を追いかける。

「二人とも、まだそんな態度で。仲なおりしたら?」

「イヤだね」

「ひよりたちがいるあいだは我慢《がまん》したじゃん」

それぞれ反対側にそっぽを向いて吐き捨てる二人。どっちも完全に意地になっていた。キズナは閉口《へいこう》して二人の背中に溜《た》め息《いき》を吐きかける。

気を取りなおして小走りで追いかけ、二人の距離を埋めるようにあいだに入って、

「カッコいい男になれよ、二人とも」

左右それぞれの手で二人の背中をぽんと叩《たた》いた。

「はあ?」と片眉《かたまゆ》を跳ねあげて浅井。

「ええ? もうカッコいいよね?」と遺憾《いかん》そうに由起。

それぞれの反応が実にそれぞれらしく、おかしくなって笑うキズナに二人ともがこいつ大丈夫かという怪訝《けげん》な視線《しせん》を向けてくる。

意地っ張りでも別にいいじゃないか。簡単《かんたん》に負けを認められなくたっていいじゃないか。大切な人たちの前で格好悪いところは見せたくないから、意地でも見栄でも張っていないと。キズナだってずっとそうやって生きてきた。一一一号室の老人たちの父親もきっとそう。かつてキズナの父親だった〝あの男〟も、たぶんきっとそう。

キズナが結局〝あの男〟を憎まなかったように、老人たちが父親を尊敬していたと言ったように、その意地はきっと大切なものに伝わるはずだから。

Helen & Ayahiko

第3話　Sadism ～フィアンセは愛しく危うく

薔薇《ばら》が咲き誇る季節、はじめて彼女と会った。

街中にあるというのにその家は中世西欧の貴族の屋敷《やしき》にでも迷いこんだかのような広大な薔薇園を有しており、くらくらするほどの薔薇の香りが充《み》ち満ちて五感を狂わせいっそう現実味を薄《うす》くしていた。

そんな薔薇園に囲まれた広場で開かれたティーパーティーで交わされる会話はしかし、株式の話だとか自社の海外進出の話だとか融資《ゆうし》の話だとかなんだか変に現実的だった。客人はみな上品な装《よそお》いでガーデンテーブルのそこここに談笑《だんしょう》の輪《わ》を作りアフタヌーンティーをたしなんでいた。アヤヒコもまた髪をきっちり撫《な》でつけられて、仕立てあげられたばかりのスーツを着せられていた。しかしスーツは袖《そで》と裾《すそ》が微妙《びみょう》に短く、それなのにソックスはだぶだぶで、片方がしょっちゅう足首までずり落ちるのが気になって脛《すね》と脛をもぞもぞとこすりあわせる仕草《しぐさ》を何度もしてしまい、きちんとしているようにとそのたびに伯父《おじ》にたしなめられる。でも伯父さん、靴下がね、とアヤヒコは胸中でぼやく。仕立て屋の奴《やつ》がまた採寸を怠《おこた》ったのだ。伯父が重用《ちょうよう》している仕立て屋なのだがアヤヒコはあの仕立て屋が嫌いだ。

その日、アヤヒコは伯父に連れられ、ティーパーティーの客人としてその邸宅《ていたく》を訪れていた。伯父がここの主人であるらしい立派な風貌《ふうぼう》の男と挨拶《あいさつ》しているあいだ、靴下のたるみが気になってやっぱりもぞもぞしながらアヤヒコは所在なげに周囲を見まわし、彼女の姿を見つけたのだった。

広場の噴水《ふんすい》を飾る大理石の女神像と見まがうような、白いドレスの貴婦人だった。噴水の縁《ふち》に浅く腰かけ、目の前に軽く掲《かか》げた彼女の白い指先に、かわいらしい小鳥がとまっていた。ほんのりと色づいた唇を子どもっぽく少しとがらせ、小鳥とさえずりあうみたいにちゅっちゅっちゅっと舌を鳴らしている様子《ようす》がなんとも儚《はかな》げで美しく、アヤヒコはあっという間に彼女に目を奪《うば》われた。

（あの人だ……）

アヤヒコはここの主人の一人娘のフィアンセに選ばれたらしかった。

らしかった、というのは、伯父に勝手に決められた話だから。アヤヒコが七人目のフィアンセになるらしい。過去六人のフィアンセたちが何故《なぜ》彼女との婚姻《こんいん》を辞退する事態に（洒落《しゃれ》ではない。念のため）なったのか、このときはまだ知らされていなかった。

彼女がいる噴水のほうへと自然と足が向いていた。靴下が片方また足首までずり落ちたが今は気にならないほど彼女のことしか見ていなかった。

アヤヒコが近づく気配《けはい》に小鳥がはばたき、彼女の指から飛びたった。小鳥を追いかけて視線《しせん》を空に漂わせてから、のんびりと彼女がこちらを向いた。

「あの、こんにちは」

どぎまぎしつつ声をかけると、彼女はどことなく眠たげな瞳《ひとみ》でアヤヒコを見て、うっすらと笑《え》みを返してくれた。白い頬《ほお》がかすかに薔薇色《ばらいろ》に染まる。笑ってもらえたことにアヤヒコはすっかり嬉《うれ》しくなる。

「かくれんぼ」

澄《す》んだ声で彼女が言った。

「え？」

「かくれんぼしましょ」

勢いよく噴水《ふんすい》の縁《ふち》から立ちあがり、きょとんとするアヤヒコを残して身軽にドレスの裾《すそ》をひるがえす。薔薇の低木に囲まれた小道を裸足《はだし》のままで気にしたふうもなくぱたぱたと蹴《け》っていく。

「はやく、はやく、わたしを見つけて」

薔薇の陰から歌うような声がアヤヒコを誘《いざな》う。

「よおし」

とアヤヒコは頷《うなず》き、彼女を追って駆《か》けだした。

「こっちよ、こっちよ」

彼女の声に誘われて、生い茂る薔薇に視界を遮《さえぎ》られた迷路のような小道をうろうろ。彼女の声は曲がりくねった小道のときに右から、ときに左から聞こえてアヤヒコを惑《まど》わす。毒々しいほどの赫《あか》に染まった薔薇が視界いっぱいに咲き乱れ踊り狂い、強い芳香《ほうこう》が嗅覚《きゅうかく》から意識《いしき》までをも侵蝕《しんしょく》して一歩進むごとに現実感を剝離《はくり》していく。水底を搔《か》くような足取りでアヤヒコは薔薇園の奥へ奥へと引きずりこまれていく。

「こっちよ。わたしを見つけて。わたしをつかまえて」

小道の向こうにひらりとドレスの裾《すそ》が隠れるのが見えた。

息を切らせて小道を曲がったところで、彼女の姿を視界に捉《とら》えた。

前方は薔薇の生け垣に閉ざされて行きどまりになり、その行きどまりの前で彼女は立ちどまってこちらを向いていた。赫い薔薇の園《その》に一輪《いちりん》だけ純白の薔薇が咲いたようにその姿は可憐《かれん》で清楚《せいそ》で。

「見つけたよ」

追いかけっこをしたせいだけではなく頰を上気させてアヤヒコが言うと、見つかっちゃった、というふうに彼女は首をすくめてかわいらしく微笑《ほほえ》んだ。アヤヒコも笑顔《えがお》になり、彼女のほうへと歩み寄る。

彼女に向かって両手を差しのべ、

「さあ、つかまえ……」

踏みだした足が、ずぼっと地面を踏み抜いた。

「え？」

と思ったときには地中に向かって垂直に落下。地面を覆《おお》い隠していた枝や土砂《どしゃ》と一緒くたになっておかしな体勢で身体《からだ》を打ちつけ、片いっぽうの脚から人体としてあり得ない音が聞こえた気がした。

「え？」

土砂と折れた枝々に無惨《むざん》に埋もれ、ぽかんとして頭上を見あげた。

直径、深さともに二メートルほどの穴であった。丸く切り取られた午後の空が頭上高くに浮かんでいる。

穴の上から彼女がひょこりと顔を見せた。

「うふふ、ひっかかった」

アヤヒコの醜態《しゅうたい》を目にして彼女はさも満足げににんまりとした笑《え》みを作り、

「うふふふふ……ほほほほほ……ほーっほほほほほほ」

狂い咲きの薔薇《ばら》の毒々しさよりもよほど危険な、悪魔《あくま》のような彼女の高笑いが青い空を突き抜けるように響《ひび》き渡った。

左足骨折、全治二カ月。アヤヒコが彼女から受けた、一、、度目の被害だった。過去六人のフィアンセたちが婚姻《こんいん》を辞退した理由を、知らされる前にアヤヒコは我《わ》が身をもって思い知ったのであった。

骨折で二回。火傷《やけど》で四回。毒物中毒や食中毒で七回。アヤヒコの入院歴たるやなかなかに錚々《そうそう》たるものである。不幸な事故に見舞《みま》われる体質とかではなく、すべての原因にはあきらかな害意を持った、ある一人の加害者の存在があった。

七回目の食中毒のあと胃潰瘍《いかいよう》で続けて入院するハメになり、長期入院後の退院早々、アヤヒコは伯父《おじ》の車に乗せられてとある場所を訪れていた。

お世辞にも品がいいとは言えない歓楽街《かんらくがい》の場末《ばすえ》、けばけばしい装飾が施《ほどこ》された中華風の建物やら今にも崩壊《ほうかい》しそうな安っぽい造りのアパートメントやらがほとんど隙間《すきま》なく詰めこまれたひどくごみごみした通りの一角に、一軒の古めかしい西欧風の建築物が窮屈《きゅうくつ》そうに佇《たたず》んでいる。ブロンズ色の重厚な扉にホテルの名称と、小枝にとまってさえずるコマドリの彫刻が刻まれていた。

〝ホテル・ウィリアムズチャイルドバード〟

なるほど、建物の正面を仰《あお》ぎ見ると、鳥籠《とりかご》を思わせるブロンズ色の飾り格子が頭上高くまで突き立っている。しかし飾り格子は相当に錆《さ》びつき、扉の彫刻にはうっすらと埃《ほこり》が積《つ》もり、はっきり言って陰気な印象だった。

ハンカチを目頭にあて大げさに嘆《なげ》いて伯父《おじ》がいわく、

「こんなところに放りこまれて、お嬢《じょう》さんはさぞお嘆きだろう。お前がしっかりお嬢さんをお慰《なぐさ》めするんだぞ」

薔薇園《ばらえん》での出会いから三年。

驚《おどろ》くなかれ、彼女とアヤヒコの婚約関係は未《いま》だ継続中なのである。

アヤヒコの家は父と伯父とで事業を経営している。彼女の家は伯父たちの事業の巨大な後ろ楯《だて》であり、そして彼女がいずれ相続することになる莫大《ばくだい》な資産のほうが伯父にとってはアヤヒコの身の安全よりもよほど価値のあるものなのだ。あな恐ろしや親族の陰謀《いんぼう》。

彼女は邸宅《ていたく》の使用人をことごとくごっこ遊びにつきあわせて落とし穴にはめたり階段から突き落としたりなどの凶行《きょうこう》に及び、暇《いとまこ》を請う使用人があとを絶たず、ついには毒を盛られた使用人たちがばたばたと倒れて邸宅の機能《きのう》を一ヵ月にわたって麻痺《まひ》させるに至り、とうとう一人娘の奇行を持てあました父親によってこのホテルに放りこまれたのだという（むしろ持てあますのが遅すぎるとアヤヒコは思う。これまで彼女を邸宅に置いておいた父親はよほど寛容《かんよう》、というか娘にベタ惚《ぼ》れだったのだろう）。なんでも彼女を唯一受け入れてくれたのがこのホテルだったのだとか。

伯父の運転手が重厚な正面扉を押しあける。ぎぎぎぎぎ、と気味の悪い軋《きし》みとともに、暗い屋内にかすかに戸外の光が射《さ》していく。

雨でもないのに湿気《しっけ》た黴臭《かびくさ》い空気が鼻をつき、薄《うす》ら寒さを覚えて身震《みぶる》いしたとき、やにわに伯父がアヤヒコの背中を突きとばした。

「ちょっ、伯父さん？」

つんのめって屋内に倒れこみ、打った膝《ひざ》を抱えて振り返ったときには「ではアヤヒコ、首尾よく達者でやるように。アデュー」と後部座席の窓からハンカチを振って伯父の車は走りだしていた。アデューって、伯父さん……。

伯父がすこぶる一方的なのはいつものことである。無慈悲《むじひ》に走り去っていく車をげっそりした面持《おもも》ちで見送り、それでも気を取りなおして建物の内部へと視線《しせん》をめぐらせたのは、アヤヒコ自身に多少なりとも彼女に会いたいという気持ちがあったからだった。

会うのは一年ぶりになる（何しろ胃潰瘍《いかいよう》で入院しているあいだに彼女は邸宅をほっぽりだされていたので）。ああ今度はどんなひどい目に遭《あ》わされるのだろうという真っ黒な絶望と、ひさしぶりに会う彼女はいちだんと美しくなっているだろうという薄桃色《うすももいろ》の期待とが胸の中でマーブルチョコレートみたいに混ざりあう。さんざんな目に遭わされてきたにもかかわらず、そしてさんざん懲《こ》りて実際こんなにも気が重いにもかかわらず、伯父の言いなりとはいえ何度もこうして彼女に会いに来てしまう。過去六人のフィアンセたちのように逃げだすことは簡単《かんたん》なのに、彼女のことがどうしても気にかかるのは何故《なぜ》だろう。

網膜《もうまく》に焼きついた戸外の光の残像に目眩《めまい》を覚えつつエントランスホールに目を凝《こ》らす。人影《ひとかげ》はなく、澱《よど》んだ空気が底のほうに停滞していた。放置されて長いこと経過した廃屋《はいおく》のような雰囲気だ。

（ホテルだって聞いたけど、まさか誰《だれ》も住んでないってことないよなあ……）

寒気と不安を覚えつつ内部に一歩踏み入ったとき、背後に気配《けはい》を感じた。

「――？」

ごす。

振り返った刹那《せつな》、側頭部に衝撃《しょうげき》を食らった。

暗闇《くらやみ》の底から浮かびあがるように意識《いしき》が回復したとき、側頭部に冷やりとするものがあてがわれていた。しかし殴られたのは側頭部のはずなのに後頭部まで痛い。そういえば足首を持たれてごんごんと無雑作《むぞうさ》に階段の段差に頭をぶつけられつつ引きずられてきたような記憶《きおく》がおぼろげにある。

「うう……」

顔をしかめつつ目をあけた。ぼやけた視界が徐々《じょじょ》にはっきりしてくると全体的に薄《うす》ピンク色の風景が見えてくる。寝かされているベッドを囲う装飾も掛《か》け布団《ぶとん》のカバーも、お人形遊び用の作り物みたいなフリルのついたピンク色。ベッドには天蓋《てんがい》までついており、薄いレースのカーテンがほどよく光を遮《さえぎ》っている。

やわらかな薄灯《うすあか》りに包まれた、たいそうメルヘンチックな趣味《しゅみ》の部屋――なのに、枕《まくら》の横のサイドボードにとろっとした象牙色《ぞうげいろ》をした頭蓋骨《ずがいこつ》が鎮座《ちんざ》していた。落ちくぼんだ両の眼窩《がんか》の内部で眼球のかわりに二本のろうそくの火が揺れている。

「わあっ」

叫んでぐりっと反対側に首をねじった。

側頭部にあてがわれていたタオルがその拍子にはじけとび、「きゃ」と小さな声をあげて手を引っこめたのは、

「へれん……」

部屋の装飾とお揃《そろ》いで作られたような薄ピンク色のネグリジェ姿、一年前のアヤヒコの記憶《きおく》では長かったはずの髪は短く切られて肩のところでゆるやかにカールしている。アヤヒコがはじめて彼女と出会ったのはのほほんとした大学生のときであり、今はのほほんとした大学院生であるが、彼女のほうは少しも歳《とし》を取ったように見えない。

タオルを拾ってへれんはにこっと微笑《ほほえ》んだ。

「たいへんな目に遭《あ》ったわね。でももう大丈夫よ」

ベッドサイドの洗面器にタオルを浸して絞《しぼ》りながら、優《やさ》しくなだめるように言う。

「いや、たいへんな目っていうか君が殴ったんじゃ……」

今回はどんな目に遭うのかと覚悟を決めて踏み入った矢先にさっそくこの歓迎《かんげい》である。アヤ

ヒコの半眼《はんがん》の突っこみを彼女は華麗《かれい》にスルーして、

「少し我慢《がまん》してね。すぐによくなるわ」

身をかがめてアヤヒコの側頭部に再びタオルをあてがう。自分のかいがいしい介護《かいご》っぷりに浸りきっている感じである。「痛《い》てて」タオルが滲《し》みて顔を背《そむ》けると髑髏《どくろ》型《がた》の燭台《しょくだい》が視界に入ってしまいアヤヒコは慌《あわ》ててまた反対側に顔を向ける。

「ほら、動かないで」

と彼女に頭を固定され、こっちに向かって身をかがめた彼女のネグリジェの胸もとからやわらかな谷間が見えてしまう。谷間からふわんと花の香りがしてついどぎまぎする。この眺めはちょっといいなあ……。いや何をでれでれしてるんだ僕は。早々に手痛い歓迎《かんげい》を食らって今は怒って然《しか》るべきときだろうと顔を引《ひ》き締《し》める。

しかし一年ぶりに会った彼女はやはり可憐《かれん》で美しく、アヤヒコの理想のタイプぴったりなのである。洒落《しゃれ》にならないその凶悪《きょうあく》な奇行さえなければ、本当にもう文句なく。

全体的にピンクまたピンクな内装でメルヘンチックに飾られているものの（髑髏の存在は無視することにする）、あの薔薇園《ばらえん》のある邸宅《ていたく》で彼女が与えられていた自室に比べたらこの部屋はたいそう狭く貧相だった。キッチンやバスルームまでもが一つの連続した空間に詰めこまれて、ベッドの上から部屋のすべてを見まわすことができるのだ。彼女の家柄には及ぶべくもないもののアヤヒコも一応周囲から〝坊っちゃん〟扱いされていたりするのでここよりはずっと広い自室を持っている。何より寝室とキッチンが繋《つな》がっているなんてことはない。厨房《ちゅうぼう》というのはコックと使用人が入るところではないのか。

いくら父親にも使用人にも手に負えなくなったからといって、こんなウサギ小屋のようなところで惨《みじ》めな暮らしをさせずとも……慰《なぐさ》めるようにと伯父《おじ》に言われたからではないが、アヤヒコは彼女に同情せずにはいられなかった。

「へれん、こんなところで一人で暮らして、寂しくはない？」

彼女の顔を見あげて問う。彼女はその白くたおやかな指でアヤヒコの髪を梳《す》いて微笑《ほほえ》んだ。

「少し退屈だけれど、寂しくはないわ。それに今は退屈でもないわ。だってあなたが来てくれたから」

「へれん……」か、かわいいなあもう。

「それにこうして怪我《けが》をしたあなたの役に立てるんだもの。そうだ、お腹《なか》減ってるでしょう？　アロエのスープを作ってあるの。怪我にもよく効くわ」……まあその怪我は君に殴られたせいなんだけどね。キッチンのほうへと軽快に駆《か》けていく彼女を見送ってアヤヒコは複雑な溜《た》め息《いき》をついた。

無邪気《むじゃき》な顔で物騒《ぶっそう》きわまりない言動をする、天然地雷みたいな彼女。

アヤヒコはどうにも未《いま》だ彼女に対する態度を決めかねていた。いじらしい言動でどぎまぎさせたかと思えば、そのトキメキのやり場もどこへやら凶悪な悪戯《いたずら》でアヤヒコを突き落とす。被害に遭《あ》うたび二度と関《かか》わりあいになるまいと心に決めるのに、結局は忌避《きひ》しきれず、こんなふうにただ無害な彼女と接するとかわいいなあなんて思ってしまう。そして油断してまた彼女の凶行《きょうこう》にハメられる。その繰《く》り返してまったく学習能力のない自分に呆《あき》れる。大学院の少ない友人たちにも世間知らずとか甘いとかお坊っちゃんとかさんざん言われる始末だ。

しかしだ、考えてもみて欲しい。胸もとが広くあいたネグリジェにレースのエプロンをかけて傍《かたわ》らにかがみこみ微笑《ほほえ》む彼女の姿の、それこそ凶悪なまでの破壊力《はかいりょく》といったら。誰《だれ》がこれに抗《あらが》えるというのだろう。

「はい、あーん」

スープボウルによそったスープをスプーンですくって差しだす彼女。アロエのスープにしてはアロエの色を遥《はる》かに超えて毒々しい深い沼のような緑色をしたその液体にアヤヒコはさすがに引いた。彼女には過去七回毒殺されかけているのである。いやあアヤヒコさんは頑丈《がんじょう》ですねえ普通だったらとっくに死んでますよ、もうたいていの毒物の免疫がついたんじゃないですかと脳天気な医者に太鼓判《たいこばん》を押されようとも八回目で死なないとは限らない。

口をあけるのをためらうアヤヒコに彼女はスプーン片手に小首をかしげ、

「まあ、毒なんて盛るわけないじゃない」

さも心外そうにそう言って（その断言のどこに根拠が?）、スプーンを彼女自身の口に運んでみせた。

「ね、大丈夫でしょう？」

自ら毒味をしてみせて、あらためてすくったスープをこちらに突きだす。彼女自身がそこまでするのなら……アヤヒコはおそるおそる口を開いた。流しこまれたスープは見た目よりもずっと美味で怪しい味もせず、むしろ少し拍子抜けしてしまった。

「ね？　はい、もうひと口」

彼女が微笑む。

「う、うん」

アヤヒコも曖昧《あいまい》に笑い返し、残りのスープをありがたくいただいた。

彼女の介護《かいご》は無害で実にかいがいしく、本当に彼女は退屈していて自分の来訪を喜んでくれているだけで、今日は何も悪だくみなんてしていないのかもしれないなあと直前に殴り倒されたことも忘れてアヤヒコは警戒《けいかい》をゆるめた。結局こうして油断してしまうのであった。

それからも彼女は嬉々《きき》としてアヤヒコの世話を焼いた。頭を少々殴られただけでいつまでも寝ているほどのことではなかったのだが、どうやら今日の彼女は看護婦《かんごふ》さん役にハマっているようだと理解してアヤヒコはおとなしく病人役に収まった。彼女にとって起きている時間のすべてはなんらかのごっこ遊びである。

「身体《からだ》を拭《ふ》きましょうね」

と服を脱がそうとしたり（焦《あせ》って断った）、熱《ねつ》を測ったり、寝たきりじゃ退屈でしょうとべッドにたくさん本を持ってきてくれた。彼女が好んで読んでいた童話や古典文学は読み尽くしてしまったのか最近はミステリイ小説にハマっているらしい。「キズナちゃんに借りたの」と彼女は同じホテルの住人であるらしい人物のことも話した。どうやら確《たし》かに彼女はこの場所で意外と受け入れられているようだ。

枕《まくら》に背中を預けて彼女が淹《い》れてくれた紅茶をのんびりと飲む。

「おいしい？」

「うん。おいしいよ」

傍《かたわ》らでにこにこして見守る彼女に微笑《ほほえ》みを返しつつ、アヤヒコは彼女と出会って以来もっとも幸福な時間を味わっていた。もしかしたら彼女の病気がよくなってきている兆《きざ》しかもしれない、とまで考えはじめた。

……甘かった。

いつの間にか眠りに落ちていた。頭の芯《しん》に鉛《なまり》を突っこまれたような異物感があり、頭全体が重くだるい。

さっきの紅茶か……！

なんてこった。一服盛られた。

「うぅ……ん？」

身をよじろうとしたが、がちゃっと金属音がこすれるだけでベッドからわずかも身を起こすことができない。がちゃん、がちゃん。枕からどうにか後頭部を引《ひ》き剥《は》がし、身体《からだ》を見おろしてぎょっとした。

太い鎖《くさり》で首から下をぐるぐるに巻かれてベッドに張りつけられていた。両手両足もしっかりと拘束《こうそく》されている。部屋の灯《あか》りは消えており、髑髏《どくろ》の燭《しょく》台《だい》のろうそくだけが暗く揺らめいて黒光りする鉄の鎖をいっそう不気味に浮かびあがらせている。

「な、なんだこれ」

焦《あせ》ってもがくも睡眠薬《すいみんやく》がまだ残っていることもあり身体に力が入らない。

ベッドの周囲だけを淡《あわ》く照らすろうそくの灯りの空間に踏み入ってくる人影《ひとかげ》があった。

薄《うす》いピンクのネグリジェがぼんやりと灯りに照らされ、ネグリジェの裾《すそ》から覗《のぞ》く素足がひたりと床《ゆか》を踏む。斜め下方から揺れるろうそくの灯りに照らされて、深い陰影《いんえい》を刻まれた彼女の顔がぼうっと浮かびあがる。その顔に先ほどまでの無邪気《むじゃき》な笑《え》みはない。

「どうして……」

凄《すご》みのきいた低い声で彼女が言った。

「どうしてミザリーを殺したの……」

「え？」

「どうしてミザリーを殺したの！」

きょとんとするアヤヒコに向かって彼女は怒鳴《どな》り、アヤヒコの身体《からだ》を拘束《こうそく》する鎖《くさり》を掴《つか》んで激《はげ》しく揺らした。鎖が身体に食いこんでアヤヒコは情けない悲鳴をあげる。

「い、痛いよ、へれんっ……」

「わたしはアニーよ！」

「何を言ってるのか……」

「ミザリーを殺すなんて！　わたしのミザリーをどうして殺したのよ！」

鬼気《きき》迫る形相《ぎょうそう》でアヤヒコにはまるでわけのわからないことを喚《わめ》いてヒステリックに鎖を揺らす。アヤヒコの胸ぐらを掴んで絞《し》めあげる。

「へ、へれん、落ち着いて、ごめん、よくわかんないけどごめんっ」

息も絶え絶えにとにかく謝《あやま》るアヤヒコの胸ぐらをひとしきり絞めあげてから、荒い息をしながら彼女はようやく手を放した。

「書きなおして」

両の瞳《ひとみ》に物騒《ぶっそう》な光を揺らめかし、傲然《ごうぜん》とアヤヒコを見おろして。

「書きなおすのよ。ミザリーは死んでいなかった。仮死状態にあっただけなの。さあ、墓場《はかば》から蘇《よみがえ》るシーンから書きなおしなさい」

彼女がベッドに持ってきてくれたミステリイ小説の中に、その登場人物の名を冠した本があったのをアヤヒコは思いだしていた。なんてことだ……彼女はのんきに看護婦《かんごふ》さんごっこをし

ていたわけではなく、愛好する小説の作者をストーカー的につけまわし、助けたふりをして自宅に監禁《かんきん》するあの狂った女、アニー役を演じていたのだ。アヤヒコがこの部屋で目覚めたときから、彼女はずっとアニーだったのだ。ミステリイ小説なんて彼女にとってアブないネタにしかならないものをなんだって貸すんだよとアヤヒコは彼女に本を貸した人物を胸中で呪《のろ》った。

「書きあげるまで、ここからだざないから……」

彼女の声がいっそう低く物騒《ぶっそう》な揺らぎを帯びる。何をはじめるのかと思えば自らの腰までの高さほどもある鉄製の斧《おの》を持ちだしてきて、それを引きずってアヤヒコのベッドの脚のほうに移動し――。

「ちょっ……へれん、待って、何をっ」

「歩けなくなればここからでられないでしょう?」

物騒というよりもすでに恍惚《こうこつ》とした笑みを口の端に滲《にじ》ませて、拘束《こうそく》されたアヤヒコの脚に向かって斧を振りあげた。

「待っ……」

本気である。冗談《じょうだん》だと思ってはいけない。彼女のごっこ遊びはいつだって本気の本気なのである。アヤヒコはそれを身をもって知っている。

「待って、待って、わかった、書きなおす、書きなおすよ! 君の言うとおりに書きなおすとも、アニー!」

唯一動かすことのできる頭を必死でもたげ、彼女がなりきっている役名を呼んだ。ほとんどやけくそだ。しかしこういうときの彼女に声を届けるにはごっこ遊びに乗るしかない。

斧を振りあげた彼女の手が寸前でとまった。ごすっと重い音を立てて斧の先を床《ゆか》に落とし(その音だけで全身が総毛だった。あんなものを脚に叩《たた》き落とされるところだったのだ)、

「本当に？　ポール」

ポールというのは確《たし》か彼女に監禁された当の小説家の名前である。

「ああ、本当に。君のために書きなおす。君に捧《ささ》げる〝ミザリー〟を、ぜひ僕に書かせて欲しい」

とっさの機転《きてん》で口からでまかせの台詞《せりふ》を大げさに喋《しゃべ》った。大学の友人に熱心《ねっしん》なミステリイマニアがいたおかげで偶然《ぐうぜん》にもその小説を読んだことがあったのだ。友人に心底感謝《かんしゃ》しながら、うろ覚えの中からなんとかストーリーに沿った台詞を頭に浮かべる。

「でもそのためには、君に用意してもらいたいものがある。タイプライターとタイプ用紙だよ。それがないと小説は書けない。君に捧げる小説のために必要なものなんだ。用意してくれるだろう、アニー？」

彼女がいつ再び斧を振りあげるかとひやひやしながらとにかくまくしたてる。へれん、いやアニーはまだ斧を手にしたまま窺《うかが》うようにこっちを見つめていたが、やがてかすかに頬《ほお》を赤らめてうっとりと微笑《ほほえ》んだ。

「嬉《うれ》しいわ、ポール。その気になってくれたのね。必要なものはすぐに用意してくるわ。それまで鎖《くさり》を解くわけにはいかないけれど、少し我慢《がまん》していてね」

「大丈夫。待ってるよ」

本当だったら拘束《こうそく》を解いてくれたらありがたかったのだが彼女を疑わせてはいけない。アヤヒコ＝ポール・シェルダンは愛想笑《あいそうわら》いで彼女に応じる。彼女は満足げに頷《うなず》き、斧《おの》を戸口に立てかけて部屋をでていった。

部屋に一人残され、アヤヒコはひとまず安堵《あんど》の吐息《といき》を漏らした。

何が病気がよくなっている兆《きざ》しかもしれないだ。まったくもっていつもどおり、というかちょっと会わないあいだに凶悪《きょうあく》さが増幅しているではないか。ネグリジェにエプロン姿に一瞬《いっしゅん》でも悩殺された自分が愚《おろ》かしい。本当にもう伯父《おじ》さん、今度ばかりは本気で恨《うら》むよ。いくらアヤヒコが周囲からのんきだヌケサクだと言われようが、ここまでされてはドン引きである。試行錯誤《しこうさくご》しているうちに片腕が鎖から抜けた。鎖にわずかなたるみができ、匍匐前進《ほふくぜんしん》みたいにしてなんとか拘束から脱出することに成功した。

「はあ」

ぐったりして息をつく。レースのカーテンが引かれた窓の外はもう夜だった。

（二階か……）

伯父の車で降りたった表の通りを窓の下に見おろせる。場末《ばすえ》の夜景はお世辞にも壮観《そうかん》とは言いがたかった。紫や青やピンクなどのけばけばしい蛍光色《けいこうしょく》の、しかしどことなくくすんだネオンサインがぽつぽつと夕闇《ゆうやみ》に滲《にじ》んでいる。

のんびり夜景を眺めている場合ではない。彼女がいつ戻ってくるかわからない。脱がされていた靴を履《は》き、髑髏《どくろ》の燭台《しょくだい》にもう二度と来ないよと別れを告げて、ドアからそっと部屋の外を窺う。エントランスホールに入ったときの印象と同じく生気《せいき》の感じられない薄暗《うすぐら》い廊下が横たわっている。

（幽霊屋敷《ゆうれいやしき》みたいだなあ……）

ドアの隙間《すきま》を滑《すべ》り抜けて廊下へでる。あらためて左右を見まわしたとき、すぐ真横に誰《だれ》かが立っていた。

「ぎゃあっ」

思わず喉《のど》から悲鳴が飛びだした。誰の気配《けはい》もなかったはずなのに……。

「あっ、あの、僕ここに連れてこられて捕まって、監禁《かんきん》されてですね」

部屋から足音を忍ばせてでてきたのだから自分のほうが不審者《ふしんしゃ》のような気がしてついあわあわと低姿勢で説明してしまう。ここに住んでいる者だろうか、まさしく幽霊屋敷の住人のごとく生気《せいき》の薄《うす》い蒼白《あおじろ》い顔をした男だった。

「監禁……」

アヤヒコの説明を男は放心したような感じで復唱し、

突然、

「監禁《かんきん》！　そうだ、監禁するべきだ、俺《おれ》を監禁するべきだ！　俺は強盗だ、殺人もした、凶《きょう》悪《あく》犯罪者だ！　今すぐ俺を刑務所に放りこめ！　通報しろ、通報しろ！」

アヤヒコの襟首《えりくび》をわっしと捕まえ血走った目を見開いて、通報しろ、通報しろと狂ったように喚《わめ》き散らす。「な、な、な、なんなんなんっ」がくがくと頭を揺さぶられてアヤヒコはまともに喋《しゃべ》ることができない。なんなんだなんなんだここの住人は。へれんの他《ほか》にも頭がおかしい奴《やつ》がいるのか？

「は、放してくだっ……」

強盗だか殺人だか知らないがこんなところで足どめを食っていては彼女に見つかってしまう。振りほどこうとするもののあっちへこっちへと頭を振りまわされて焦点《しょうてん》を定めることもままならない。

「通報しろ、通報しろ、通ほ」ごす
鈍《にぶ》い音とともに、男の声が唐突《とうとつ》に途切《とぎ》れた。

力を失った男の身体《からだ》がのしかかってきたのでたたらを踏んで危《あや》うく逃れた。白目を剝《む》いた男がどさりと床《ゆか》にくずおれる。ふらふらとよろめいて男から距離《きょり》を取り、助かったと胸を撫《な》でおろして視線《しせん》を巡らせた瞬間《しゅんかん》——。

すべてが終わったことを悟った。

「へれん……」

猟銃《りょうじゅう》と思《おぼ》しき長い銃を逆手《さかて》で振りあげた格好で、彼女が立っていた。

「いったいどこで、そんなもの……」

「ポール、どこへ行くの？」

こちらの問いには答えずに低い声音で彼女が言う。未《いま》だ彼女の中では物語ごっこが続いているのだ。アヤヒコはぎこちない足取りであとずさったが、彼女が猟銃を持ち替えてこっちに銃口を向けたのでそれ以上動けなくなる。

「お、玩具《おもちゃ》だろう？　ここは銃を所持しちゃいけない国のはずだぞ」

「試してみればいいわ。本物かどうか」

まぎれもなく本気の顔で彼女が言うのでアヤヒコの半笑いは凍りついた。誰かに助けを求めようにも近くにいるのは気絶しているやっぱり頭のおかしい男だけだ。

「へれん、落ち着いて」

「わたしはアニーよ。ポール」

「もうその遊びはやめよう。他《ほか》のことをしようよ、もっと楽しい遊びをしよう。それだったらいくらでもつきあうからさ」

「たのしい……あそび？」

興味《きょうみ》をわずかに引かれたようで、彼女がこくりと小首をかしげた。猟銃の引き金から彼女の指が浮いた。

その一瞬《いっしゅん》の隙《すき》にアヤヒコは床《ゆか》を蹴《け》って彼女に飛びかかった。「いやっ、何よおっ」悲鳴をあげて抵抗する彼女の手から猟銃《りょうじゅう》をもぎ取ろうとする。揉《も》みあいになり二人折り重なって床に倒れる（倒れていた男を下敷《したじ》きにし、男がぐええと呻《うめ》いてまたぱたりと気を失った）。「だめえっ、取っちゃだめ、わたしのなんだからあっ」駄々《だだ》っ子《こ》みたいに喚《わめ》いて奪《うば》われた猟銃に手を伸ばす彼女をとっさに、

「へれん！」

ぱんっという澄《す》んだ音が廊下に響《ひび》いた。

「あ……」

自分自身の行動にアヤヒコのほうがびっくりしてしまった。

彼女の頬《ほお》を引っぱたいた右手の収めどころに困って中途半端に手をあげたまま放心するアヤヒコ。頬に手をあてて信じられないという顔で彼女がこっちを見る。

「ぶったわね……」

「ご、ごめんよへれん、ぶつつもりは……」

「手でぶったわね。ポールはアニーをタイプライターの角で殴りつけなきゃいけないのに、素手でぶつのは反則なのに……」

どこから突っこめばいいのやらわからないことを言《い》い募《つの》る彼女の瞳《ひとみ》にみるみる涙が溜《た》まって

いき、大粒の涙が溢《あふ》れだす。玩具《おもちゃ》を買ってもらえない子どもみたいにぺたんと地べたに座りこみ、わああと声をあげて彼女は泣きだした。

「なんでちゃんとポール役をやってくれないのよう。アヤヒコなんてキライ、キライ」

「い、いや、そんなこと言われても」

どうやってなだめたらいいのやら、肩を抱こうとしてみては躊躇《ちゅうちょ》して引っこめてと無意味に両手をあげさげしながらアヤヒコはおろおろするばかりである。無茶苦茶《むちゃくちゃ》を言っているのは間違いなく彼女のほうなのだが、この期《ご》に及んでもアヤヒコは決して彼女を泣かせたいわけではないのだ。

「ねえ、他《ほか》の遊びをしようよ。このお話じゃなくて、別のお話にしよう。へれんがいちばん好きなお話は何？」

とにかく猫撫《な》で声をかけてご機嫌《きげん》を取る。顔中を涙で濡《ぬ》らしてぐしゅぐしゅと鼻をすすりながら「いちばん好きなお話……？」と彼女は小首をかしげて、

「いちばん好きなのは、あのね、〝ロミオとジュリエット〟。最後はロミオが毒を飲んで死んで、ジュリエットもあとを追ってナイフで胸を刺すの」なんでそういう危険な話ばっかり好きなんだろうな……。

ごっこ遊びで本当に心中するわけにもいかない。アヤヒコがリアクションに困っていると、少し期待した顔でこっちを見ていた彼女がまたわああと泣きだした。

「ほら、やっぱり遊んでくれる気なんてないくせに。知ってるんだから、みんなみんな、お父さまのご機嫌《きげん》を取るためにわたしにかまってるだけで、本当は誰《だれ》もわたしと遊びたくなんてないんだもの。そんなんだったら最初っからわたしにかまわなければいいんだわ」

「へれん、僕は君と遊ぶのは嫌いじゃないよ。君と遊びたいんだ」

おろおろしながらアヤヒコは泣きじゃくる彼女の顔を覗《のぞ》きこんでなだめる。疑わしげに彼女が睨《にら》んでくる。

「うそ」

「本当だよ。その、危険な遊びじゃなければ」

「うそ。だってアヤヒコだって少ししか遊んでくれないもの。たまに会いに来てくれる。優《やさ》しいことを言ってくれる。でもそれからまたずうっと来てくれない。そんなんだったらもう来てくれなくていいもの。最初っから一人で遊んでるほうがいいもの。そのほうが待ちくたびれて寂しい気持ちにならなくて済むもの……」

涙混じりの彼女の声が、言い募《つの》るうちにか細く、抱きしめたくなるくらいに頼りなくなっていく。彼女の言葉にアヤヒコは何も言《い》い訳《わけ》することができなかった。

かわいいなあと思ってちょっと近づき、やっぱりつきあいきれなくなって距離《きょり》を取る。しばらくするとまた会ってもいいかなという気になって訪ねてみるがやっぱり懲《こ》りて二度と関《かか》わりあいになるまいと思い、そして今また彼女が愛《いと》おしくなっている。

……ああ、僕は最低の男だ。自分が彼女に振りまわされていたわけではなく、自分の勝手で自分の都合で彼女とつきあっていただけで。

彼女と関わるつもりなら中途半端では駄目《だめ》なのだ。本気勝負じゃないと駄目なのだと十分思い知っていたはずだ。だって彼女はいつだって本気なのだから。それができないのなら、過去六人のフィアンセたちのように彼女の前から永久逃亡するべきだ。

僕に覚悟があるだろうか？

自問する。彼女と本気でつきあう覚悟があるだろうか？　生活にも学業にも特に困らずぬるま湯に浸《つ》かってこれまで甘く生きてきたこの僕に。

長い時間は悩まなかった。

彼女の肩に両手を置いて、まっすぐ彼女の瞳《ひとみ》を覗《のぞ》きこむ。美しい瞳に涙を溜《た》めて彼女がこちらを見返してくる。

「へれん、ここをでて、僕と一緒に暮らそう。そうしたら僕はもうずっと君と一緒にいる。いつでも遊べる。君がそうしたいときにはいつだって。君に寂しい思いは二度とさせない。へれん……僕と、結婚しよう」

伯父《おじ》に決められた許嫁《いいなずけ》だからではない、自分の気持ちを自分の口から、はじめて直接彼女に伝えた。

「それは、無理よ……結婚は必ず妨害されるものよ。ヒーローとヒロインは最後まで結ばれることはないの。物語ではそういうことになってるわ」

けれども彼女は口をとがらせて子どもじみた理屈をこねる。そんな彼女に微笑《ほほえ》みかけてアヤヒコは彼女を諭《さと》す。

「それは君が好きな悲劇《ひげき》の場合だろう？　でも僕と君の未来はこれから作るんだ。とっておきの物語を二人で作るんだ。その物語は悲劇にはならない。へれんが今までにどの本でも読んだことがないような、とびっきりのとっておきのハッピーエンドになるんだよ。それを見てみたいと思わない？」

しばらくのあいだ、彼女は目を丸くしてただ黙《だま》ってアヤヒコの瞳《ひとみ》を見つめ返していた。彼女のことだから次の瞬間《しゅんかん》太腿《ふともも》に仕こんだナイフを引き抜いて心中しましょうとか言いだしてもおかしくなかった。しかしアヤヒコは怯《ひる》むことなく彼女の瞳を受けとめる。

彼女が望むのならば自分の腕や足の一本や二本くれてやろう。何度だって毒を盛られてやろう。まさしく毒食らわば皿までっていうやつだ。

だってひと目惚《めぼ》れだったのだから。あの薔薇園《ばらえん》の噴水《ふんすい》の前で彼女の姿をはじめて見たときから、自分は彼女に夢中になっていたのだから。この先彼女以上に好きになる女性になど出会わないと、確信《かくしん》があった。

やがて彼女は、白い頬《ほお》をかすかに薔薇色《ばらいろ》に染め、眩《まぶ》しいほどの笑顔《えがお》になって。

「見てみたいわ。アヤヒコと一緒に、ハッピーエンドを作りたいわ」

§

翌朝まで彼女の部屋で過ごした。初夜なんていう甘ったるい一夜ではなく、彼女に怪談《かいだん》をしてくれとしつこくせがまれ、前に友人から聞いたトンネルの霊《れい》の話を語り聞かせているうちに彼女は怪談を子守歌がわりに幸せそうに眠りについたのだがアヤヒコのほうがなんだか怖くなって眠れなくなってしまったのである。

それでも朝方にはいつの間にか眠りに落ちており、陽《ひ》がだいぶ高く昇った頃《ころ》、コーヒーの香ばしい匂《にお》いで目が覚めた。

「おはよう、アヤヒコ」

フリルのエプロンをかけた彼女がキッチンでコーヒーを淹《い》れてくれていた。

うわあ、新妻みたいではないか。

「おはよう……」

照れてしまってもごもごとアヤヒコは答え、ダイニングテーブルについてコーヒーを飲んだ。なんだかもうさっそく新婚さんのようだ。これは夢なのではないかとほっぺたをつねりたくなる幸せな午前のひとときを過ごしていると、携帯《けいたい》電話に着信があった。伯父《おじ》からであった。

『おお、アヤヒコ。なんだ、声が明るいなあ。笑《わら》い茸《だけ》でも盛られたか？』

「馬鹿《ばか》なこと言わないでくださいよ、伯父《おじ》さん。とってもうまくやってます」

昨日このホテルに連れてこられたときの人生終わったみたいな気分とは天地の差のある陽気な声でアヤヒコは伯父の毒舌を爽《さわ》やかにかわす。彼女がおかわりを注いでくれ、空《から》になったコーヒーポットを手にキッチンへ。いそいそと働いてくれる様子《ようす》がいじらしく愛らしい。ゆるんだ顔で彼女を見送り、おかわりを満たされたコーヒーカップに口をつけた。

「うっ……?」

食道に激痛《げきつう》が走り、強烈な吐き気に襲《おそ》われて携帯《けいたい》電話を取り落とした。テーブルに転がった電話から『ん? アヤヒコ、どうした?』と伯父の脳天気な声。答える余裕はすでになくアヤヒコは脂汗《あぶらあせ》を流してテーブルに突っ伏した。

はじめて襲われる感覚ではない。過去に彼女とこうしてお茶をしていて、幾度も味わわされている。これは……。

「へ、へれん」

苦痛に頬《ほお》を歪《ゆが》めながらかろうじて視線《しせん》をあげる。彼女はキッチンでペーパーバックのミステリイ小説を開いて真剣な顔で「ふむふむ、夫婦間では保険金目当ての毒殺が必ず行われるものなのね」と一人納得したふうに頷《うなず》いていた。

八回目になる毒物中毒で緊急《きんきゅう》入院。

結婚は当分のあいだおあずけになった。

挿話 "smell"

あるとき教授は言った。

君は器用だし、特にデッサン力は同期生の中でもずば抜けている。だが、それだけだ。まあ一年生だし、まだそれでもいいんだが。

まだそれでもいいという言い方が非常に気に入らなかった。足りないものがあるなら今すぐ全部まとめて教えてくださいと言うと、教授は言った。

君はなんだか生き急いでいるなあ。

浅井《あさい》有生《ゆうせい》、大学一年の夏のことである。

「もうね、ママたちがうるさくってさ。暇《ひま》さえあればねえねえユキちゃん、夏休みなのにユウちゃんはどうして帰ってきてくれないの？　大学の夏休みってすごく長いんでしょう？　ねえねえユキちゃん、ユキちゃんってば。クッキー焼いたからユウちゃんに持ってってちょうだい。サーモンとアボカドのサラダは持っていけないかしら？　夏野菜のマリネは？　フルーツポンチは？……夏なんだからナマモノは危険だよねふつう。まあクッキーだけ持ってきたよ」

実家からの差し入れを携《たずさ》えて訪ねてきた従兄弟《いとこ》の由起《よしおき》は高校の制服姿だった。この春から浅井が独り暮らしをはじめた街は実家からは決して近くはないのだが、由起だけは学校帰りにちょっと寄り道するくらいの感覚でちょくちょく顔をだしに来た。

由起が携えてきたいやにかわいらしい花柄《はながら》の（あきらかに母親たちの趣味《しゅみ》だ）包みからはクッキーの甘い香りが漂ってくる。成長期を迎えた頃《ころ》から浅井は甘いものを好まなくなっていたのだが、母親たちにとって自分は未《いま》だ小学生のままのようだ。

約二ヵ月ある大学の夏期休暇中《きゅうかちゅう》、帰省することもなく大学の制作室か自分の部屋で絵を描《か》いていた。住みはじめて半年たらずのあいだに部屋はすっかり油絵具の匂《にお》いと染みに侵蝕《しんしょく》されて雑然としたアトリエと化している。クロッキーブックやキャンバスがそこかしこに積《つ》みあがり、かろうじて人間がくつろげるスペースとしての機能《きのう》を残しているベッドの上にあぐらを組んで、由起は差し入れのクッキーを当たり前みたいに自ら食いはじめた。

「様子《ようす》が知りたきゃ電話でもしてくれればいいだろ」

「君、ケータイ持ってないじゃん。部屋に電話も引いてないし、文明人とは思えないよね。おまけにここのホテル、郵便も宅急便もまともに届かないんだもん」

仕方なく来てやってるようなことを言いつつも由起がちょくちょく訪ねてくるのはやはり由起も実家にいるのがうざったいからなのだと思う。実家には小学生になったばかりの元気がありあまった年頃の妹たちと、妹たち以上にきゃいきゃいとかしましい母親たちがいた。由起は浅井よりもよほど家に馴染《なじ》んでいたが、難《むずか》しい年頃《としごろ》の高校生男子としてはさすがに少々キツいところだろう。

ホテル・ウィリアムズチャイルドバード五四六号室。写真家であった故祖父が借りていたという部屋を、父親に頼んで譲《ゆず》り受けた。大学もそこから通える美大を受けた。

祖父が住んでいたこの部屋に住んでみたかった。それだけの理由だが、浅井にとっては十分特別な理由だった。

それだけでも特別だったのに、これ以上のスペシャルなんて別にないと思っていたのに。

ここで〝彼女〟と出会った。

§

残暑が厳《きび》しいと言われた年だったがこの建物は不思議《ふしぎ》といつも冷んやりしていた。快適というよりは不景気な意味でだが。年中梅雨《つゆ》どきみたいなじめっとした空気が停滞しているのである。湿気は絵の保存に適しているとは言いがたい。

長かった大学の夏休みも終盤《しゅうばん》。浅井は自分の部屋でデッサンを描《か》きためたクロッキーブックと睨《にら》めっこしていた。

うまいがそれだけ……。教授の言葉を思いだしてむかむかしてくる。

（何が足りないってんだ……）

苛立《いらだ》ちまぎれにイーゼルの脚を蹴飛《けと》ばしたとき、

「有生、あけてー。はやくー」

由起の声だった。呼《よ》び鈴《りん》を鳴らさず外からドアを蹴ってくる。

「なんだよ……」

ただでさえ気分が悪いというのに。舌打ちして仕方なく戸口に向かった。

「今日は話す気分じゃないから、帰」

「はいはい、どいてどいて」

「ちょっ」

こっちの言い分に聞く耳持つ様子《ようす》もなく、ドアをあけるなり由起は肩で浅井を押しのけてずかずかと踏みこんできた。両腕に何かぐったりしたものを抱いている。

「両手ふさがってるんだ。ベッドの上あけて」

ものというか、ヒトだった。

なんなんだと思いながらも浅井は由起のペースに巻きこまれ、散らかしていた服や画材をベッドの上から適当に床《ゆか》に掃《は》く。由起がそのニンゲンをベッドに寝かせる。

女の子だった。薄手《うすで》のスリップドレスから伸びる手足はひどく華奢《きゃしゃ》で顔色は蒼白《あおじろ》く、一瞬《いっしゅん》ミイラなのではないかと思ったがどうやら生きている。十代半ばくらいだろうか。

「エレベーターんとこで拾ったの。この子知ってる？　ここに住んでる子？」

「いや……あー……」

彼女の顔を見おろして浅井は曖昧《あいまい》な反応をした。見覚えはあった。どうやら同じ五階に住んでいるらしい。特別気にとめたことはなかったが建物内で何度か姿を見かけていた。

「う……」

彼女が小さくうめいて顔をしかめたので浅井たちは会話をやめた。由起がベッドの傍《かたわ》らにかがんで彼女に声をかける。

「気がついた？　君、へーき？　どっか悪いなら救急車呼んだほうがいいかな？」

必要事項を手早く問いかける由起の声に彼女は薄《うす》く目をあけ、由起の顔を少しぼんやりと見あげてから、

「へ……き。貧血」

掠《かす》れた声で短く答え、不安げに周囲に視線《しせん》を巡らせた。

「大丈夫、ここ、ホテル・ウィリアムズチャイルドバード。俺《おれ》の部屋だよ。君、廊下で倒れてたから」

安心させようと由起が説明する。ていうかお前の部屋じゃねえ俺の部屋だと浅井は胸中で突っこむも、自分と由起の関係を今ここでわざわざ説明してややこしくすることもないので仕方なく黙《だま》る。一歩さがったところに立つ浅井に彼女が視線を向けてじゃあこいつは誰《だれ》だという顔

をするので微妙《びみょう》にたじろいだ。いやだから俺がこの部屋の主で。

「名前なんていうの？　俺はユキ。こっちは従兄弟《いとこ》、ユーセイ」

「って、おい」

屈託《くったく》なく彼女に話しかける由起の腕を引っ張って渋面《じゅうめん》を突きつけ、

「何勝手に友だちになろうとしてんだよ」

「なんで？　ご近所さんなんだし友だちになればいいじゃん。だいたい君、ここに住みはじめてからまだろくに知りあいできてないでしょ」

「余計なお世話だ」

「俺がお世話しなかったら君とっくに絶命してるよ」

男二人でぼそぼそと言いあっていると、

「……ミナコ」

彼女が名乗った。他人の名前を復唱して確認《かくにん》するみたいな、自分の名前のくせにそんな感じの、感情に乏《とぼ》しい言い方だった。まだ血の気の薄い顔で少しふらつきながら細い腕をついて上体を起こす彼女を由起が軽く支える。「ありがとう……」やはり感情の薄い暗い声で彼女は言って、ふと吸い寄せられるようにベッド際《ぎわ》の壁《かべ》の方向に目をやった。

途端《とたん》、

「あ、あ、あ……」

蒼白《そうはく》な顔で壁《かべ》を凝視《ぎょうし》し、顎《あご》をがくがく鳴らして激《はげ》しく震《ふる》えはじめた。

「ど、どうかしたの?」

「だめ、そと、だめなのっ」

「そと?」

不思議《ふしぎ》そうに顔を覗《のぞ》きこむ由起の腕にしがみつき、何か恐ろしいものでも見つけたみたいに膝《ひざ》でにじってあとずさりながら壁を指差す彼女。その壁には別に何があるわけでもなく、ただクロッキーブックに描《か》いた多数のデッサン画を浅井が画鋲《がびょう》でところかまわず貼《は》っていた。部屋の風景、階段、犬と庭先、猫と窓辺、電信柱に貼られたピンクチラシ——こまごましたものばかり描いた中の一枚に、ここに住みはじめてすぐの頃《ころ》、付近を偵察がてら描いた歓楽街《かんらくがい》の街並みの風景があった。

「絵……。……絵……?」

自問自答するように彼女は呟《つぶや》き、ベッドの上を這《は》うような格好で今度は逆に壁のほうににじり寄る。由起がこっちを振り返って首をかしげて見せるので当然のごとく浅井も軽く眉《まゆ》をあげて「俺《おれ》にわかるか」という顔をする。

彼女はその歓楽街の絵の左右に両手をついて膝立ちになり、絵に顔を近づけてくんと匂《にお》いを嗅《か》ぐ仕草《しぐさ》をして、

「不思議……そとのにおいがするのに、そとじゃないのね……」

そう呟《つぶや》いた。

壁《かべ》にへばりついて絵に鼻先を突きつけたり頬《ほお》を撫《な》でつけたりという行動を繰《く》り返す彼女の奇態に「変な子だねえ」と由起が肩をすくめる。浅井は彼女の横顔から視線《しせん》をはずせずにいた。

自分が描いた絵に対してそんな感想を言われたのははじめてだった。彼女が感じ取った〝外の匂《にお》い〟がどんなものなのか浅井が知るよしもない。しかし、デッサンがうまいだけだと評された浅井の絵に、彼女ははじめて〝匂い〟を感じてくれたのだ。


それ以来、気がつくと彼女はいつも浅井のアトリエにいた。

ベッドにのぼり、壁に貼られた街の絵を何時間も厭《あ》くことなく、瞬《まばた》きすらほとんどしないでそれこそ穴があくほど見つめていた。それは絵画を鑑賞《かんしょう》しているというよりは、なんというか慎重に温存していた最後の力を振り絞って獲物《えもの》を狙《ねら》う餓死寸前の野良猫《のらねこ》みたいなぎらぎらした目で、彼女が感じた〝匂い〟というのはサンマを焼いているところとかの食欲をそそるものの匂いだったのではないかとだんだん疑ってくるほどだった。

集中してしまえば誰《だれ》がいようが気にならなくなるほうなので、浅井は彼女を放置して自分の制作を続けた。同じ部屋にいながらほとんどコミュニケーションはなく、別々の方向を向いて別々のものに意識《いしき》を囚《とら》われている。というか浅井はこの奇妙な行動を取る挙動不審《きょどうふしん》少女とどうコミュニケーションしていいかわからなかったのである。

九月の下旬になると由起は体育祭が近いとかであまり足を延ばさなくなったので（応援合戦の団長なのだそうだ。昔っから運動会などのイベントのたぐいに燃《も》える奴《やつ》なのである。未《いま》だ残暑が厳《きび》しいこの季節に体育祭、しかも長ランで応援団長……浅井だったらグラウンドで溶けて果てている）、余計に浅井は彼女と二人きりでいることが多くなった。もとはと言えば由起が拾ってきたのだから責任持って由起が飼《か》い慣《な》らすべきなのにと浅井としては愚痴《ぐち》りたい気分である。

まさしく手入れされていない野良猫みたいな少女だった。髪は肩のあたりでざくざくと不揃《ふぞろ》いに切られて、ぼさぼさの毛先がひと房、いつも顔にかかっている。その毛先を口に入れてくちゃくちゃと噛《か》むという、他人が見たら少々眉《まゆ》をひそめる癖《くせ》があった。

とにかくもう、ひと言で言うと〝変な子〟だったのである。

それが皆子《みなこ》だった。

「髪、邪魔《じゃま》なら切れば？」

珍しく彼女に話しかけたのは、ある日のことである。

彼女はベッドに座って壁の絵の隣《となり》に背中を預け、相変わらず自分の毛先をもしゃもしゃと食っていた。画材立ての中から大振りのハサミを引き抜き、浅井は少し離《はな》れた距離《きょり》から彼女のほうに差しだしてみせた。髪の毛を口に突っこんだまま彼女が怪訝《けげん》そうにそれを見ているだけなので、

「これは文明の利器で、ハサミという。モノが切れる道具だ」

わざわざ説明した。だって本当に知らなそうだったから。

しかし食べ物ではないと悟ったからなのか知らないが彼女は感心なさげに視線《しせん》をすいっと明後日《あさって》の方向に泳がせてまた髪の毛を食う。

（無視か、オイ）

ハサミをそのまま画材立てに戻すのも相手にされなかったことを認めるみたいでなんとなく癪《しゃく》だったので、浅井はあからさまに舌打ちをしつつ、そのハサミでもって自分の髪を切りはじめた。実際前髪がだいぶうざったくなるほど伸びてきていたところだった。実家近くの床屋《とこや》に行かなくなってからけっこう自分で髪を切ってしまっている。幸いにして手先は器用なのでひどい結果になったことはない。

普段《ふだん》から床《ゆか》は土足であり適当に掃《は》けばいいことなので、床の上であぐらをかき、目見当《めけんとう》で前髪にハサミを入れる。ちゃき、ちゃき。切れた毛先が床に落ち、鼻先近くまで覆《おお》われていた視界が少し開ける。

ちゃき……。

手をとめた。

ベッドの上から彼女がこっちを見ていたのだ。しかし目があった途端白々《とたんしらじら》しくそっぽを向いてしまった。

なんだ、興味《きょうみ》あるんじゃねえか。小さく溜《た》め息《いき》をつき、ちゃき、再びハサミを入れる。前髪の隙間《すきま》から窺《うかが》うと彼女はそっぽを向きつつ横目でまたこっちを見ている。浅井が気づくとまた視線を逸《そ》らす。しかしだんだん我慢《がまん》できなくなってきてちらちらとこっちを見る。今さら興味を示したってもう相手してやるもんかと意地悪な気持ちになって浅井は気づかないふりをしてやった。猫じゃらしをちらつかせては引っこめるみたいな、それは駆《か》け引きであり、ちょっと面白《おもしろ》くなってきた。

ちゃき、ちゃき……。

コミュニケーション可能なはずの同じ種類の生き物が二匹同居しているのに会話のないアトリエで、ハサミを使う乾いた音が沈黙《ちんもく》の空気を埋めていく。

いつの間にか彼女がベッドから這《は》い降りてきて、興味を抑えられないという顔で身を乗りだして覗《のぞ》きこんでいた。相変わらず髪がひと房口の端に入っている。近くで見ると毛先はパサついていて枝毛だらけでみっともなく絡まっている。キューティクルというやつはどこへやら。

「切ってやる」

唐突《とうとつ》に浅井は言って、自分の髪をぱらぱらと払いつつ立ちあがった。びくっとして飛びすさろうとした彼女のスリップドレスを捕まえて引っ張り戻し、

「座れ。ここに」

椅子《いす》を持ってきて強引に座らせた。

「や、やだ。いい」

「いいから。そんなに下手《へた》じゃない」

顔の前でハサミをきらつかせると彼女は表情を強張《こわば》らせ、肩を変にいからせたまま一応おとなしくなった。彼女の前に軽くかがんで、自分のときより少しだけ慎重に前髪にハサミを入れる。絡まって顔にかかっていた髪がひと房彼女の肩に落ちかかる。

切っている最中、こっちがたじろぐぐらいのぎらぎらした光を宿した瞳《ひとみ》で彼女はこっちを睨《にら》んでいた。

「……お前、短くしてたほうがいいよ」

ほとんど独り言だった。

その印象的な瞳が隠れていないほうが彼女はずっと綺麗《きれい》に見える。そう思った。

それからずいぶん長いこと二人とも何も言わなかった。おとなしくしている彼女の肩をはらはらと髪が滑《すべ》り落ち、二人の足もとを埋めるように床《ゆか》に積《つ》み重なっていく。信用してくれたのか、強張っていた彼女の肩の力が少しずつ抜けていく。

「あの絵、気に入ったならやるけど」

ひさしぶりに口を開いたら唇が乾いて張りついていて、うまく喋《しゃべ》れなかった。彼女が首を振ったので危《あや》うくハサミを少し離《はな》す。

「もっと大きいのがいい」

前方の壁《かべ》をまっすぐ見据えたまま、彼女はそう言った。

大きいの、か。

それなら紙一枚なんかじゃなく、壁一面に街を描こうか。そんなアイデアがぷかりと頭に浮かんだ。

街の匂《にお》いが感じられる絵を描こう。生きている街の匂いを。スモッグで煙った黄昏《たそがれ》どき、通りを行き交う雑踏《ざっとう》の人いきれ、アスファルトすれすれを舞《ま》う古新聞や排気ガス、路地のゴミ溜《だ》めの悪臭も、どこかの家庭で赤ん坊に飲ませるためのミルクを沸かす甘い匂いも……。

§

息を吸って吐いてみる。呼吸は穏《おだ》やかだった。何故《なぜ》だろう。少し前までは思いだすたびに必ず血を吐くほどの苦痛をともなっていたものを、何故今は穏やかに思いだすことができてしまうのか。

三年だ。彼女が死んでから。三年という時間の経過があの頃《ころ》の痛みも苦しみも押《お》し潰《つぶ》して薄《うす》っぺらく折りたたんで、平面的な一枚の絵の中に収めてしまおうとしている。色褪《いろあ》せた〝思い出〟になりかけている。

いつからだ？　明確《めいかく》に自覚したのは個展が終わってからだ。由起が言ったように、溜めこんでいた彼女の絵をすべて世の中に吐きだしてしまったから？　それで簡単《かんたん》に気が済んでしまうほど自分にとって彼女の存在は軽いものではなかったはずだ。

時間とともにわずかにできた空白に、別の存在が入りこみつつあるから？

（誰《だれ》だよ……お前）

頭に浮かんだぼやけた輪郭《りんかく》に向かって訝《いぶか》しげに問いかける。

赤みがかった長い髪をふわりと揺らして、その輪郭はすぐに消えた。

ベッドに仰向《あおむ》けにひっくり返り、壁《かべ》に描かれた街を逆《さか》さまに見あげた。黄昏《たそがれ》に染まった街並みは三年前に時を停《と》めたまま永遠に完成することがなくなっている。チュッパチャプス好きの少年〝マイキー・チャック〟が街角からひょこりと野球帽を覗《のぞ》かせている。

あの時間から自分だけが切《き》り離《はな》されることは浅井にとって恐怖でしかなかった。自分の中の渇望《かつぼう》が、描くための原動力みたいなものが空《から》っぽになってしまう、そんな予感に戦慄《せんりつ》する。

（助けろよ、皆子……俺《おれ》を手放さないでくれ……）

絵の中の街に向かってすがるように左手を伸ばす。

しかし壁に描かれた絵はどんなに奥行きがあるように見えても結局は平面で、指先ががつんとぶつかり爪《つめ》がわずかに絵具を剝離《はくり》しただけだった。

Kizna Etoh

第4話　Home ～逃げる理由、とどまる意味

して数日後のことだった。明日にでも世紀末が来て恐怖の大王が降ってくるんじゃないかと本気でぞっとするほど珍しく浅井《あさい》のほうから誘ってきたのは、青山公園画廊《あおやまこうえんがろう》での十日間にわたる個展〝Mの影像〟が終了して数日後のことだった。

浅井有生《ゆうせい》初の個展はかなりの高評価を得て終わったようだ。雑誌の取材や美術愛好家も多く訪れ、なるべく画廊に詰めて訪問客の相手をしなければならなかった浅井は一生ぶんの社交性をこの十日間で使い切ったのか、会期終了と同時に当分のあいだ誰《だれ》とも話したくないとばかりに自分のアトリエに引きこもっていた（正確《せいかく》には最終日の午後にはもう逃亡していた）。その浅井が、会期中強要されていたこざっぱりした好青年的な格好もどこへやら山ごもりを終えたばかりの修行僧さながらのぼさっとした風貌《ふうぼう》でひさしぶりにアトリエからでてきて、最初にキズナに声をかけたのである。

「衛藤《えとう》、でかけるぞ」

今度二人でどっか行こう、と個展前にちらっとだけ自分で言ったのを憶《おぼ》えていたのだろうか。もちろんペンギンが歩いている北海道《ほっかいどう》の動物園なんかまでは行けるわけないが、街中の公園にある動物園くらいなら……ついついちょっぴり胸を高鳴らせつつキズナはいそいそと支度《したく》をした。パンツよりスカートのほうがいいよね、赤や黒より白っぽい色のほうが清楚《せいそ》な感じだろうか、などと着ていく服に真剣に悩んだりして、我《われ》に返ってそんな自分が恥ずかしくなり、結局いつものガールズパンクっぽい格好に落ち着いて、最後に鏡《かがみ》を覗《のぞ》いて少し考えたあと、ほんのりと色がついたグロスをちょっぴり唇に乗せた。

クロゼットからあれこれと引っ張りだした服を散らかし放題にしたままあたふたと部屋をでて一階に降りたときには浅井をたっぷり三十分待たせていて、浅井はラウンジのソファでうたた寝していた。声をかけると「んー……一瞬《いっしゅん》寝てた」とむにゃむにゃと。睡眠癖《すいみんへき》が幸いしてというか三十分も待たされたことには気づいていなかった（気づいていたらめちゃくちゃ文句を言われただろう）。

「どこ行くの？」

「いいからつきあえ」

相変わらずの俺様《おれさま》っぷりを発揮して言い放ち、浅井がまず向かった先は、色気も素っ気もないことに画材屋だった。なあんだとキズナが拍子抜けしたのも致し方なかろう。

埃《ほこり》と絵具と紙の匂《にお》いが充満した陰気臭い店内で浅井はキャンバス布などを見繕《みつくろ》い、ホテルに届けさせるよう注文して、そのとき店主にいくつかの画材について国外でも入手可能か訊《き》いていた。キズナがその意図を知るのはもう少しあとのことである。

キズナがすっかり退屈して店先にあった試し塗り用のパステルで画用紙にらくがきをしていると、

「次、行くぞ」

まだ行くところがあるらしい。

「どこ行くの？」

「いいからつきあえ」

同じやりとりを繰《く》り返しながらキズナは厚底ブーツをばこばこ鳴らす歩き方で浅井のあとをついていく。

道すがら、ちょっと薄暗《うすぐら》くて見通しがきかない路地を見つけると浅井はキズナにひと言の断りもなく道を折れて路地に踏みこんでいくのだが、ここでももちろん色っぽいことがあるわけではなく、水溜《みずた》まりが干あがることなく油が浮いた汚泥《おでい》と化して異臭を発している陰気きわまりない路地の風景を、頭の中にスケッチするようにただしばらく眺めているだけなのだった。

ただの〝建物と建物の隙間《すきま》〟なんかになんの想像力も働かないキズナには面白《おもしろ》くもなんともないわけで。

「ねえ、前にさー、どーぶつえん行こうって言ったじゃん。ホッカイドウまでは行けないけど、西郷《さいごう》さんがいる公園のどーぶつえんあるでしょ？　そこでオウサマペンギンっていうのが見れるんだってー。今度またひよりとこかげを呼んでさ、連れてってあげたいかなーって」

子どもたちをダシに使ったりしてマイペースで歩く浅井の背中に向かって遠まわしに（むしろかなり直接的に）言ってみたものの、浅井はまともに振り返りもしないで「あー……まあな、

そのうちな」などと曖昧《あいまい》な返事をするだけで、

「お。ちょっと見て行きたい」

とまた（浅井にとっては）魅力的《みりょくてき》な路地を見つけてざくざくと入っていく。エアコンの室外機から吐《は》きだされるなまぬるい空気で澱《よど》んだ路地の風景が浅井の目には金脈みたいにきらきらと輝《かがや》いて見えるのかもしれない。しかしどう考えたって金のかわりに黒光りするゴキの奴《やつ》らが好んでうようよしているだけである。


さんざん寄り道につきあわされて歩き疲れてキズナがむすっとしてきた頃《ころ》、脳内スケッチに満足したらしい浅井がようやく気遣《きづか》いを見せた。

「疲れたな。なんか飲むか？」

「クリームソーダ」

喫茶店《きっさてん》でクリームソーダでも飲んだらやっと少しは〝二人でおでかけ〟っぽい。即座にキズナは要求。

「クリームソーダねえ……ちょっと待ってろ」

言い置いて浅井はふらっとした足取りで道を渡っていき、道の向かい側にあった自動販売機で炭酸飲料水を二本買ってきた。「おごってやる」どうだありがたがれと言わんばかりに一本をキズナに差しだして。一二〇円で威張《いば》るんじゃねえ。

道端のガードレールにお尻《しり》を引っかけて二人で缶ジュースをあけた。

「おお、冷てぇ」

ひと口舐《な》めて独りごち、あらためて缶に口をつけ心地《ここち》よさそうに喉仏《のどぼとけ》をこきゅこきゅさせて炭酸水を流しこむ。わりとご機嫌《きげん》そうな浅井のそんな様子《ようす》を、一方ですっかり冷めた視線《しせん》で見やりながらキズナもちろりと炭酸水を舐めた。連れの女の子が疲れたと言ったら喫茶店《きっさてん》にでも入るという発想がないのだろうかこいつの芸術かぶれの脳内には。

制限速度を軽く無視してびゅんびゅんと過ぎる車道の往来が歩道にも容赦《ようしゃ》なく排気ガスを吐きかけていく。爽《さわ》やかな炭酸の味も埃《ほこり》っぽくなってなんだか舌にじゃりじゃりする。ふと見おろすとブーツのつま先が無惨《むざん》に泥《どろ》だらけだった。水浸しの変な路地を通ってきたせいだ。

〝ラブゴシック〟の新作のブーツ、高かったし気に入ってたのに……。

そう思った途端《とたん》、なんだかとてつもなくブルーな気分になった。

「……んない」

ブーツを睨《にら》んだままぼそっと言った。

「なんか言ったか？」

浅井がお気軽に訊《き》き返してくる。浅井が履《は》いているスニーカーも同様に泥んこだったがもともと絵具まみれで地の色がわからないくらいになっているのでぜんぜん気になっていないようである。

「……つまんない」

繰《く》り返して言った途端、ぽろっと頬《ほお》を涙が滑《すべ》った。

「つまんない。ぜんぜん面白《おもしろ》くない。足疲れた。このソーダ、アイスクリーム載ってないじゃん。クリームソーダじゃないじゃん。クリームソーダ飲みたいって言ったのに違うじゃん。ばか。ばか。ばーか」

頬をこすって鼻をすすり、涙声でブーツに向かって悪態を吐きかける。顔をあげられなかった。こんなそれこそつまんないことで涙がでてきた自分が恥ずかしくて悔しくて。

「クリーム載ってなかったくらいで泣くほど怒るか？」

「違うもん。クツが汚れたからだもん。このクツ、気に入ってたんだから。入荷してもすぐ売り切れちゃってなかなか買えなくて、予約してやっと手に入れたんだから」

「そんな大事なクツならなんで履いてくるんだよ。神棚にでも飾って拝《おが》んどきゃいいだろ」

「だって今日はっ」

思いやりのかけらもない言いようにたまらず顔をあげて浅井を睨み、しかしそこで言葉に詰まった。

だって今日は……。

どっか連れてってくれるんだと、思った、から……。

のれんに腕押しというかキズナの癇癪《かんしゃく》の理由を浅井はさっぱりわかっていない顔で続きの台詞《せりふ》を待っているだけで、急に虚《むな》しくなった。浅井が〝でかけるぞ〟なんて言った時点でまあこんなものだろうと予想するべきだったのだ。変に期待なんかしてしまった自分のほうが馬鹿《ばか》だったのだ。あーあ……。

「……もう帰る」

「つきあえって言っただろ。だいぶ寄り道したからそろそろ行かないと」

寄り道したのは誰《だれ》のせいだよ。結局どこへ行くつもりだったのか知らないがキズナはもうすっかり嫌《いや》になっていた。どうせ面白《おもしろ》くもなんともないところに連れていかれるだけなのだ。

「帰る。こんな汚いクツじゃもうどこにも行けない」

「クツカンケーねえだろ。行くぞ」

キズナの手の中から浅井が空《あ》き缶《かん》を抜き取ってガードレールから腰を浮かせる。

「イヤって言ったらイヤ」

しかしキズナはすっかり駄々《だだ》っ子《こ》だった。ガードレールに根っこを生《は》やしたみたいに頑《がん》として立ちあがらない。自販機《じはんき》の横のくず入れに浅井がゴミを捨てて戻ってきてもキズナは仏頂《ぶっちょう》面《づら》で下を向いたまま。

「お前なあ」

浅井が露骨《ろこつ》に持てあました溜《た》め息《いき》をつき（だから誰のせいだよ）、キズナの足もとにひょいとしゃがんだ。何をするのかと思ったら信じられないことにキズナのブーツを脱がせはじめるので、

「ちょ、な、何っ」

公衆の面前で臆面《おくめん》もなく何をするのか。女の子の前に跪《ひざまず》いて靴を脱がせている男という光景に道行く人々が少なからず怪訝《けげん》な視線《しせん》を向けていく。膝下《ひざした》までをがっちり固める厚底ブーツを乱暴《らんぼう》にわしわしと引っこ抜こうとするのでニーソックスまで一緒にずり落ちる。

「汚れたクツで歩けないんならハダシで歩けばいい」

「はあ？」

頭は大丈夫か？　いや大丈夫じゃないっていうのは前から知ってるけど。靴ごと逃れようとしたのだが暴《あば》れた拍子に足だけがブーツからすっぽ抜け、伸びきったニーソックスがびよーんとたいへんみっともない感じにつま先に残った。浅井はかまわずもう片足のブーツも脱がしにかかる。

「ちょっ、やめてってば」

「靴下も脱がないと穴あくぞ」

「やめろ、靴下にはさわるなっ」

キズナのブーツを両方とも脱がせると浅井はなんの躊躇《ちゅうちょ》もなく自分のスニーカーもぽいぽい脱いで素足になり、アスファルトをぺたぺたと踏んでみせた。

「熱《あつ》くないし、大丈夫」

「そういう問題かっ」

「ほら、行くぞ」

問答無用でそう言い置いて、キズナのブーツをまとめて片手に、もう片手に自分のスニーカーをぶらさげてさっさと歩きだす。「クツ、持ってかないでよっ」慌《あわ》ててキズナは足に残ったニーソックスをつま先を摑《つか》んで引っこ抜き、そいつを丸めてポケットに突っこみながら仕方なく同じく素足で浅井のあとを追っかけた。ボリュームのあるニーソックスでジャケットの両方のポケットがぽっこりと膨《ふく》らんでしまう。しかし当然ながらそれ以上に裸足《はだし》で街中を歩くほうがよほど格好悪い。

人目を気にしつつ小さくなって歩くキズナに対して浅井のほうは堂々としたものである。普段《ふだん》は（ホテル・ウィリアムズチャイルドバードの他《ほか》の住人たちに比べて）目立って変人っぷりを発揮しているわけでもない浅井の本来の変人っぷりの最たる部分をキズナは目《ま》の当《あ》たりにした気がした。

「楽しくね？」

ちらりと振り返って浅井が言った。楽しいわけないだろ。しかし浅井は靴という締《し》めつけから両足を解放されてむしろ気持ちよさげである。もしかして自分のほうが裸足になりたかっただけじゃないのか？

普段めったなことでは直《じか》に触れる機会《きかい》などないアスファルトの感触に注意を向けてみた。午後の陽射《ひざ》しで灼《や》かれたアスファルトは無機的《むきてき》なイメージとはうらはらに意外と温かく素足を受

けとめる。日陰に入ると今度は冷たさが心地《ここち》いい。ひなたと日陰でアスファルトの体温ってぜんぜん違うのだ。アスファルトのざらつきにもいろんな種類があった。粒子が細かいのや粗《あら》いのや、それはまるでさらさらした優美《ゆうび》な貴婦人だったりごつごつした頑固親父《がんこおやじ》だったりするみたいで。

歩くうちに不思議《ふしぎ》な気持ちになっていた。顔に触れる風とは違う、足もとを吹く空気の流れを、アスファルトの息づかいみたいなものをはじめて感じた。なんでもないように見える路地にも表情があるのだ、となんとなくだが気がついた。室外機《き》から吹きつける熱風《ねっぷう》とか、ヘドロと化した水溜《みずた》まりとか、飲食店の裏口にだされる生《なま》ゴミ、それに集まってくる猫やカラス、壁《かべ》を這《は》う配管が形作る幾何学的《きかがくてき》な模様《もよう》——それらのものが組みあわさって、路地のそれぞれが違った表情を持っている。

前を歩く浅井の猫背気味の背中を見あげる。普段《ふだん》から何も考えずにただぼうっと歩いているようで、浅井は常に全身の感覚をフル動員して〝世界〟を見ているのだ。その積《つ》み重ねが浅井が描くあの緻密《ちみつ》な絵の世界を創《つく》りだしている。一緒にいる人間の機微《きび》には鈍感《どんかん》なくせに、というか鈍感なのも仕方なく、つまり浅井は人のことなんか見ていなくて、普通の人が見るものとは違うものに全神経を集中しているのだ。

浅井有生という作家は、すごい……のかもなあ。

先日まで浅井の個展が行われていた青山公園画廊《あおやまこうえんがろう》はすでに常設展示に戻っており、表にあった〝浅井有生個展〟の看板《かんばん》も撤去《てっきょ》されていた。

受付のミサちゃん嬢《じょう》に二人は入館《にゅうかん》を断られた。ミサちゃんはややぽっちゃり気味のかわいらしい顔をきっと引《ひ》き締《し》めて二人の前に立ちはだかり、

「まあ、どうして二人とも裸足《はだし》なの？　今、一般のお客さまも入られてますから、そんなカッコで入っちゃだめですよぉ」

由起《ゆき》だったらうまいお世辞でミサちゃんのご機嫌《きげん》を取ってうまい調子《ちょうし》で入りこんでしまいそうなところだが、浅井にそういう処世術はないのでおとなしく追い返されて、建物の裏口にまわった。

浅井が入っていったのはギャラリーではなく、脇《わき》の収蔵庫《しゅうぞうこ》のほうだった。広々とスペースを取られたギャラリーと違って収蔵庫は狭苦しい空間にぎゅうぎゅうに絵が収められ、絵具の匂《にお》いが濃《こ》く充満していた。浅井のアトリエの匂いを彷彿《ほうふつ》とさせた。

スライド式の棚に収められたキャンバスを浅井は一枚一枚、少し引きだして確認《かくにん》してはもとに戻す。先日までギャラリーにあった個展の作品がこちらに引きあげられてきているのだ。

と浅井が最後に引きだしてきた一枚は、

「あ、これ……」

期間中ずっと〝キープアウト〟のごとくギャラリーの一角に隔離《かくり》されていた、女性が象牙色《ぞうげいろ》の巨大なタマゴを抱いている絵だった。タマゴにできた亀裂《きれつ》の奥から男の腕が突きだしてさえいなければたいへん慈愛《じあい》に満ちた感じの、でもその腕のせいですべてをぶち壊《こわ》しにしている、あの絵である。

「衛藤にやる」

「ふうん。ありがと」

普通に受け流してしまってからキズナは「ええ？」とその場で跳びあがらんばかりに大げさなリアクションをした。

「くれるって、なんで？　バイト料、別にちゃんともらってるし」

「いらないんならいい」

「いらないとは言ってないじゃん」

浅井がにべもなくキャンバスを棚に戻そうとするので慌《あわ》ててキャンバスの角をがしっと摑《つか》まえ、

「あとで返せって言っても返さないからね？　今はガラクタでも将来価値があがったら売っち

やうよ？　価値があがらなかったら風呂場《ふろば》のすのこにするよ？」

「いいよ、売って。ここに保管しといてもらってもいいけど権利はお前に譲《ゆず》るから、好きなときに売ればいい。ちなみに今でもガラクタじゃねえ。そこそこ価値はあるぞ」

「う、売らない……よ」

反発を予想して言ったのに意外に普通の反応をされてキズナはまごまごしてしまう。そんなキズナとキャンバスの絵を見比べて、浅井はちょっと笑った。……笑った。浅井が。何か眩《まぶ》しいものでも見るみたいにほんの少し目を細めて口の端を持ちあげた。明日は間違いなく破滅の大王が降る。

「もともとコレ、お前がいたから描《か》けたやつだから……やるよ」

「え……？」

「ペンギン」

合い言葉みたいな短いひと言にキズナは目を白黒させて、

「あっ」

と気がついた。

個展前の最後の絵が描けなくて浅井がうんうん唸《うな》っていた頃《ころ》、ペンギンの卵の話をしたことがある。ペンギンは長い冬のあいだ、極寒の吹雪《ふぶき》の中で母親と父親が交替交替で命を懸《か》けてたったひとつの卵を守るのだと……。

（あの話、役に立ったんだ……）

あの感動秘話にアイデアを得て完成したのがこのシュールきわまりない絵というのも浅井の脳内の摩訶不思議《まかふしぎ》なところだが、……なんだか嬉《うれ》しかった。浅井の役に立ったのだということが。彼女の代わりとしてじゃなくて、自分が直接浅井のフィールドに何がしかの波紋を落としたのだということが。

少しでも認めさせることができたのかな。

期待するのは無駄《むだ》だと自分自身に言い聞かせた矢先にこんなふうに期待させるようなことを言う。何気に罪な男だよなあこいつ。無自覚なのがさらに罪だ。

「こっちにいましたか、浅井くん」

収蔵庫《しゅうぞうこ》の戸口にスーツ姿の人影《ひとかげ》が現れた。この画廊《がろう》の若き二代目、大澤氏《おおさわし》だった。約束があると浅井が言っていたのは画廊主との約束だったのか。

「もういらっしゃってますよ。どうぞこちらへ」

他《ほか》にも客がいるようで、浅井を促《うなが》す仕草《しぐさ》をして画廊主が戸口の外に消える。タマゴの絵を棚に戻して浅井がそのあとに続く。何も言われなかったので自分も行くべきなのかどうかキズナは少し迷ってから、ここに一人残されてもしょうがないので浅井が消えたあとに続いた。

銀行の金庫みたいな大げさなハンドル式の錠前《じょうまえ》がついた分厚い鉄扉《てっぴ》から外にでると（この収蔵庫には数千万とか数億単位の価値のある絵が収められることもあるのだ！）、短い通路ともう一枚の扉を挟んだ先にギャラリーがある。ギャラリーのほうから話し声が聞こえていた。

扉からひょこりとギャラリーを覗《のぞ》いてキズナは愕然《がくぜん》とした。

浅井さんが黒人に絡まれてる！

と思ったからである。

ヘイ、ジャップ！　この黄色いアルファアルファ《もやし》！

とか罵《ののし》られてるに違いない！

しかしどうやらそういう危機的《ききてき》な事態ではないようで、その黒人は握手した浅井の手をぶんぶん振りまわしてHahahaha!!とか陽気に笑い、ごっつい両手を大きく広げて浅井をがばっと抱きしめた。ちょっと本気で力を入れたら浅井のやわい肋骨《ろっこつ》なんか簡単《かんたん》に砕《くだ》けそうだ。

黒髪を短く刈りこみ、がっしりした体軀《たいく》をブラックスーツに包んだ黒人男性だった。ハリウッドのスパイ映画やなんかでよく見る俳優《はいゆう》そっくりだ（ガイジンの顔はみんな同じに見えるのだ）。背丈《せたけ》は浅井とそう変わらないが首の太さも腕の太さも浅井の二倍くらいある。

丸太みたいな腕から解放されて軽く咳《せ》きこむ浅井に黒人男性が流暢《りゅうちょう》なエーゴ（だと思う。外国語はキズナにとって全部エーゴだ）で話しかける。浅井が言葉少なに受け答えすると大げさな身振り手振りで「オー」とか「グレイト」とか言う。というか浅井が英語を喋《しゃべ》っていることにびっくりした。そばに立つ画廊主も特に通訳に入る気配《けはい》はない。そういえば由起は帰国子女だって聞いたし、浅井の父親は翻訳家《ほんやくか》だって由起に聞いたことがあるし、あいつらってけっこう外国かぶれのお坊っちゃんなのか？

普段《ふだん》英語のペーパーバックを読んでいるので（辞書と首っ引きではあるものの）リーディングはそれなりにできるキズナだが、リスニングのほうはからっきしなので黒人男性と浅井が何を話しているのかはわからない。それにガイジンはヘンジンよりもキズナにとって遠い世界の人類であり、近寄るのがなんとなく怖かった。

「いやあよかった、浅井くん」

しかし二人のやりとりを聞いていた画廊主《がろうぬし》がにこにこしてこう言ったとき、

「留学の件、決めてくれたんですね」

キズナの中で今しがたほんのりと期待したばかりの何かが、音を立てて崩壊《ほうかい》した。

「まだ決めたわけじゃないです。前向きに考えるってだけで」

「どういうことっ」

ガイジンに対する尻《しり》ごみなど吹っ飛んで浅井と画廊主の会話に割りこむ。キズナが嚙《か》みついても浅井はふてぶてしいくらいのポーカーフェイスをかけらも崩さなかった。

……考えてみると浅井は今日いつからこの顔をしていただろう？　でかけるぞと誘いに来たときからこの顔をしていなかったか？　浅井はこの展開を予想していた——つまりこの話をキズナに聞かせるために今日わざわざキズナを連れてきたというのか？

「ニューヨークですよ。こちらのベル氏の雇《やと》い主《ぬし》がですね、今回の個展で浅井くんに興味《きょうみ》を持ってくださって、奨学生《しょうがくせい》に推薦《すいせん》してくれたんです」

画廊主にベル氏と紹介された男が浅黒い顔ににぱっと陽気な笑《え》みを作って「オー、キュートガール」なんて言い、浅井にしたのと同様にキズナにも握手を求める。キズナはそれを完全に無視した。ガイジンのマナーでは非礼なことなのかもしれないけどかまうもんか。

「ニューヨークって、アメリカ？　い、行くの？」

声がうわずった。自分は今すごく馬鹿《ばか》っぽい顔をしているかもしれない。

「行ってもいいかな、と思ってはいる」

「だってアメリカなんか行っちゃったら、モデルどうするの？　わたしは……」

「そうなったらまあ、現地で調達《ちょうたつ》するだけだろ」

あまりにもあっさりと、浅井はキズナに解雇《かいこ》を宣告した。

そのときキズナは確信《かくしん》した。留学の話をキズナに聞かせるために、そしてモデルのクビを突きつけるために、浅井はわざわざキズナを誘って同行させたのだ。期待を封印させた矢先にまたほんのりと期待させるようなことを言い、その矢先にまた突き落とすのだ。

そしてあの絵を譲《ゆず》ると言った、その意図は……手切れ金ということか。

§

行かないで、って言ったらもしかしたら浅井は考えなおすだろうか？　泣いてすがって頼んだら？　キズナのことを少しでも認めてくれたのだとしたら。

……でも、言わない。そんな女々《めめ》しいこと絶対に言わない。


次の日は自分の部屋に閉じこもって丸一日寝て過ごした。誰《だれ》とも会わず誰とも話さなかった。別に泣いてたわけじゃない。何もする気が起きなかっただけだ。ベッドの中で無意味にごろんごろんと寝返りを打ったり、枕《まくら》もとの読みさしの小説を開いてみたもののまったく頭に入らず放りだしたり、クッションにぼすぼすとパンチを食らわせたりして一日が過ぎ、次の朝になるとさすがにお腹《なか》がぺこぺこだったので起きだした。何もしていなくても人間腹だけは減る。口に入るものならなんでもよかったのだが、冷蔵庫《れいぞうこ》もお菓子箱もすっからかんでその程度の食料すらあいにくなかった。

仕方なく上着をはおり、ホテルから徒歩五分、ヤンロンズ・デリで朝ご飯を調達《ちょうたつ》して、小袋をぶらぶらさせつつ帰ってきたときだった。

「どうするつもり？」

ホテルの入り口ででくわした住人にいきなり詰問《きつもん》口調を突きつけられた。

ゴスロリチックなふりふりのドレスに赤いランドセルというある種のマニア心を刺激《しげき》しそうな組みあわせのいでたちで、赤い靴を履《は》いた両足を肩幅に開き、腕組みをして毅然《きぜん》として立つ

小学生、山田華乃子《やまだかのこ》である。いきなり噛《か》みつかれて眉《まゆ》をひそめるキズナを華乃子はきっと睨《にら》みあげ、

「浅井有生が外国に行っちゃったら、どうするのよ」

「ああ、そのこと」

「そのことって、その程度なの？」

　華乃子が眉《まゆ》を跳ねあげる。華乃子がその話をどこから聞きつけたのか知らないが、キズナは平静に、少なくとも表面的には平静に華乃子の視線《しせん》を受けとめた。

「どうするったって、どうもしないよ。だいたいね、あのひきこもり大好きの後ろ向き属性のコミュニケーション不全人間がアメリカなんかでやってけるわけないでしょ。アメリカってのは自由で開放的で安かろう多かろうのでっかい国なのよ。そりゃもうベクトルが正反対よね」

　他人に対して虚勢《きよせい》を張るのは簡単《かんたん》だった。虚勢を張れるくらいには動揺していない。そのことに自分自身ほっとして、崩れかけていた気持ちに芯《しん》が通った。

「アメリカなんかに行くわけないわよ。ホッカイドウにだって行けないのに、地球の反対側なんて行けるわけないわよ。所詮《しょせん》あいつはここにしかいられないのよ」

　浅井も、キズナも、華乃子たち親子も、他《ほか》の住人たちも。自分たちはここにしかいられないからここにいる。容易に他の場所に行くことなんてできない。ホテル・ウィリアムズチャイルドバードはそんな自分たちを受け入れてくれる唯一の場所なのだ。

華乃子はしばらく黙《だま》ってこっちを睨《にら》みつけていたが、やがてふいと視線《しせん》を伏せた。言い負かされたというよりは諦《あきら》めたような、子どものくせに変に大人《おとな》びた仕草《しぐさ》だった。

「そうね、でも……もしもここにいられなくなったら、行くでしょうね」

低い声でそう呟《つぶや》き、キズナの脇《わき》をすり抜けて表通りへと駆《か》けだしていった。

子どもは余計な心配してないでとっとと小学校に行ってお勉強をしろ。澄《す》んだ鈴の音を響《ひび》かせて駆け去っていく赤いランドセルを見送ってキズナは溜《た》め息《いき》をつき、ホテルに足を踏み入れた。十七歳にして学校に行っていないキズナは朝から登校するなんてこともなく部屋に戻るだけである。

「キズナさん、郵便ですよ」

フロントで管理人さんに一通の封筒を渡された。

「いつの？」

「はて、一カ月ほど前でしょうかねぇ」

なんて悠長《ゆうちょう》なことを笑って言って管理人さんはフロントの奥に引っこんでしまった。郵便配達のジョナサンがいなくなってからホテルに届く郵便物や荷物は〈掃除人《そうじにん》〉が仕分けしているのだが、手癖《てくせ》の悪いあの連中のこと、極端に遅れたり下手《へた》したら紛失したり、さらにひどい場合には差し入れの食料が半分食われているなんてこともある。ホテル・ウィリアムズチャイルドバードの郵便事情は惨憺《さんたん》たる状況であった。

白い封筒のエア・メールだった。外国の青峰《せいほう》の風景がたいそう美しい切手が数枚貼《は》られている。これが着服されることなく奇跡的にきちんとキズナの手もとに届いたのは〈掃除人〉がよしとする美的感覚に〝美しい山並み〟なんてものが存在しないからだろう。

ブルーブラックの万年筆で流麗《りゅうれい》に書かれた差出人は、キズナの〝あしながおじさん〟だった。亡き母と自分の後見人になってくれたイギリスの小説家。会ったことはもちろん電話で声を聞いたこともない。後見人となるにあたって、条件は一つ。毎月一回、その月に読んだ小説の感想を手紙にしたためて送ること。あっちからの返信が来ることはめったにない。まさしく〝あしながおじさん〟である。

その小説家とやらにキズナは感謝《かんしゃ》はしているものの、尊敬やなんかはしていない。金持ちの道楽で〝あしながおじさん〟ごっこをやっている、趣味《しゅみ》の偏《かたよ》った人間だと思っている。

先月のぶん、投函《とうかん》するのが遅くなったし、催促《さいそく》の手紙かもしれない。開封する気がしないまま封筒をデリの小袋に突っこんでフロントを離《はな》れた。

エレベーターの上ボタンを押そうとしたとき、がこ、ぎし、と不安な軋《きし》みとともにちょうど上の階から籠《かご》が降りてきて目の前に停《と》まった。乗っていた男の住人と飾り格子の二重扉越しに相対《あいたい》した。

お互い特に目をあわせることなくすれ違い、入れ替わりにキズナがエレベーターに乗ろうとしたとき、男の首が唐突《とうとつ》にこっちを向いた。まさしく〝ぐりん〟という音が聞こえてきそうな勢いで。

「ひっ」

口の端をひん曲げて男はしゃっくりみたいな笑い声を立てた。

「ひっ、ひっ、ひっ……来るぞ。いよいよ来る。奴《やつ》が来る。俺《おれ》たち全員の首に縄《なわ》をかけてここから引きずりだして、ム所にブチこみに来るんだ。俺はずっと待っていた。それこそが俺の望みだった。ああ、愉快《ゆかい》だ、愉快だ、ひっ、ひっ、ひっ、ひっ……」

男はまたぐりんと直線的《ちょくせんてき》な動作で首をまわして前を向き、狂気的なひきつり笑いを繰《く》り返しながら廊下を歩き去っていった。

肩に降りかかった瘴気《しょうき》をぱたぱたと払うようにしてキズナはエレベーターに乗りこんだ。別に相手にすることもない、いつもの風景である。いつまでも続く風景である。捕まりたい捕まりたいと妄想を吐き続けるだけであの男が本当に捕まる日など永遠に来ない。

二重扉がゆっくりと閉まり、エレベーターが上昇をはじめる。

いつまでもこの風景は続く　〝ここから引きずりだされて〟

いつまでもこの風景は続く　〝ここにいられなくなったら〟

男の台詞《せりふ》と華乃子の台詞にわずかな共通点が含まれていることに、頭の隅《すみ》で違和感を覚えはじめていた。

住人たちのあいだに何か共通した不吉《ふきつ》な情報が流れている。

それからほんの一日二日のうちに、キズナははっきりとそのことに気がついた。ホテル内のそこここで耳にする断片的な会話の中に、不協和音みたいにそれだけ嫌《いや》に耳をこする要素があったのだ。

階段の踊り場で、灰色の埃《ほこり》にまぎれるように普段《ふだん》はその存在を感じさせることのない〈掃除《そうじ》人《にん》〉たちがひそひそ話す声を聞いた。

「ワタシたちはどうなりますんでしょう……」

「解雇《かいこ》されますんでしょうか……？」

「解雇される……？」

「カイコサレル？」

「マイコサンレズ？」

「ダイコンザンマイ？」

〈掃除人〉たちのあいだでは今伝言ゲームが流行《はや》っていた。

貸していたミステリイ小説を返しにきたへれんさんは今は眉唾《まゆつば》ものの予言書に夢中になっていて、雨乞《あまご》いでもするみたいに両手を頭上に高く掲《かか》げてキズナに予言を残していった。

「もうすぐXデーが来るわ。天から破滅の使者が降りて来るわ」

一階のラウンジでは双子の老人がお互い手の内を読み尽くしているので延々と勝負がつかないチェスゲームをしながら思い出話に耽《ふけ》っていた。

「あれが前に来たのはいつのことじゃったかのう」

「二十年前、いや三十年前じゃったかのう」

「空が赤く染まった日じゃった。風はなく、鳥のさえずりも聞こえず、蜘蛛《くも》やネズミたちはいずこかへ逃げだし、生きとし生けるものすべてが怯《おび》えておった」

「はて……そんなことがあったかのう」

「……」

「あれが前に来たのはいつのことじゃったかのう」

「二十年前、いや三十年前じゃったかのう」

「空が赤く染まった日じゃった……」

チェスゲームと同様に思い出話もぜんぜん結論《けつろん》にたどり着かなかった。

壁越《かべご》しに響《ひび》く言葉を成さない金切り声さえも〝くる、くる……〟と空気を弱く震《ふる》わせて警告《けいこく》しているような気がした。

近いうちに何かがやって来る？　それは住人たちを脅《おびや》かす何か不吉《ふきつ》なもので、それが来ると住人たちはここにいられなくなる？　そんな噂《うわさ》がホテル・ウィリアムズチャイルドバードをじわじわと侵蝕《しんしょく》していたのである。

「あのね、オーナーが来るんだよ」

四階の廊下でちょうどよく由起を捕まえ、ようやく正確《せいかく》な情報に行きあたった。

「オーナー？」

「そう。ほら、ウィリアムズチャイルド男爵家《だんしゃくけ》の血を引くって人。その人が近々イギリスから来日するんだって」

「オーナーっていうのは破滅の使者だったりするの？」

「普通の人でしょ」

そりゃあまあそうである。

「なんだ、みんなそんなことでひそひそ話してたの？」

真相がわかってみると拍子抜けだった。住人たちの逞《たくま》しい妄想の装飾をさっ引いてみたらたいしてびっくりするようなことではない。オーナーが所有物のホテルを訪れるなどごく普通のことである。今でもホテルの六階以上はプライベートフロアとして一族の者がいつ訪れてもいいように維持されているようだし。

今でこそ歓楽街《かんらくがい》の場末《ばすえ》のさらに片隅《かたすみ》ですっかり寂れて〝変人の巣窟《そうくつ》〟と化しているが、もともとここはウィリアムズチャイルド男爵というイギリス人が建てた別荘兼外国人滞在者向けのホテルだった。正面扉に飾られているコマドリの彫刻〝ウィリアムズチャイルドバード〟はウイリアムズチャイルド家のためにデザインされたものだという。

「でもね、問題なのは、来日の目的がどうやら〝視察〟らしいってこと」

「視察？」

「ホテルの現状を視察して、結果いかんによってはここを取《と》り壊《こわ》して別の目的の施設に建て替えるとか、そういうこともあるかもしれないってこと。オーナーって偏屈《へんくつ》で人嫌いっていう話だし、オーナーがここの現状にいい印象受けると思う？」

廊下の壁《かべ》に寄りかかり、露出《ろしゅつ》した肩を器用にすくめる仕草《しぐさ》をして由起。この日の由起は健康的なビタミンカラーのキャミワンピにスリムジーンズと乗馬ブーツをあわせ、手にはアニマル柄《がら》のミニボストン。キュートさとかっこよさとを上手《じょうず》にミックスした〝女モード〟である。長いつけ爪《づめ》を引っかけないようにしながらアメジストのブレスレットの金具を留《と》めるのにさっきからちょっと手間取っており、キズナの相手は頭半分といったところでいまいち深刻さが感じられない。

しかしどう考えても事態は深刻だった。

近隣《きんりん》の住人に聞きこみをすれば十人が十人こんなふうに答えるだろう。変人の巣窟《そうくつ》、社会の掃《は》きだめ、ネズミの量産地――。ご近所での評判はすこぶる悪い。実際に住人たちの生活を視察しようものならもっと最悪なのは言うまでもなく。

「オーナーに気に入られなかったら、わたしたちどうなるの？」

「立《た》ち退《の》かされる、ってことになるんじゃないかなあ」

「のんきに言ってる場合じゃないよ。ここを立ち退かされたら、わたしたちどこに行けばいいのよ？」

剣幕《けんまく》で突っかかるキズナを尻目《しりめ》に由起は「あ、留まった留まった」とそれはもうのんきに言って手首にはまったブレスレットをちゃかちゃか振ってみせてから、いとも平然とこう言い放った。

「俺《おれ》、別にここに執着してないもん。大学の近くとかどっかにまた部屋借りればいいだけだし。それにもともと大学卒業したらでていくつもりだったから。いつまでも有生の面倒《めんどう》もみてられないしね」

由起のさっぱりした性格が今ばかりは憎らしかった。そりゃあ由起はいいだろう。世渡り上手だし交友関係も広いし（女装癖《へき》だけは問題だが）、ここじゃなくてもどこに行ってもうまくやっていけるだろう。でもキズナは違う。家族もいない。友だちもいない。ここでの稀薄《きはく》なコミュニティが、今ではキズナにとって唯一の交流なのだ。

「そうだ、もしそうなったらキズナ、俺と住もうよ。いい考えじゃない？」

ぽこんと拳《こぶし》で手のひらを打ったりしてあくまでのんきに由起が言うのでだんだんむかっ腹が立ってきた。

「もう、わたし真剣に悩んでるんだよ」

「俺《おれ》も真剣に言ったんだけど」

「浅井さんの留学のこと、華乃子に話したのは由起でしょ？　浅井さんだってここにいられなくなったら本当にニューヨーク行っちゃうよ。由起はそれでもいいの？」

「有生？　有生なんてどうでもいいよ。行けばいいじゃん。むしろ世間の荒波ってやつにちょっとは揉《も》まれてくればいいのさ。自分が温室育ちでどれだけ何もできないかってこと、思い知ればいいよ」

浅井の話をだした途端《とたん》由起はあからさまに不機嫌《ふきげん》になった。ひよりとこかげが来た日に大喧《おおげん》嘩《か》をやらかして以降二人は大人《おとな》げなくもまだつんけんしているのだ。浅井はともかく由起のほうが未《いま》だに折れないどころか浅井についてここまで毒を吐くのは相当おかしい。いったい何がそこまで由起を怒らせたのか。

「ごめん、バイトに遅れるんだ。行くね」

浅井の名前なんか口にしたくもないとばかりに由起はすげなく話を打ち切り、キズナとすれ違ってエレベーターに乗りこんでしまった。

一人取り残されてキズナは廊下に立ち尽くした。

じわじわと勢力を広げてホテルの空気を征服しつつあった不安の影《かげ》が、ここぞとばかりキズナの心に触手を伸ばしてくる。

ここにいられなくなる？

いつもの風景が、いつまでも続くと思っていたこの風景がなくなってしまう？

変人の巣窟《そうくつ》と言われようがここはキズナが属するコミュニティだ。キズナが帰ることができる唯一の場所だ。湿気が沈むこの廊下も、埃《ほこり》をかぶってくすんだ電灯も、壊《こわ》れかけののろいエレベーターも、今では愛着のあるものだ。

それらのすべてを失ってしまう……？


自分の問題は今まで自分の力で解決してきたつもりだった。これからも自分に関《かか》わる問題は自分でなんとかできるという自信があった。負けん気と根性だけはある。それが今までの自分を支えてきた財産だ。

しかし今、自分の力ではどうにもできない問題にぶちあたっていた。浅井の留学にしろホテル・ウィリアムズチャイルドバードの存続問題にしろ、キズナの力だけでどうこうできることではない。こんな事態に直面した経験《けいけん》は今までになく、ただ呆然《ぼうぜん》とするだけで何も考えられなかった。

頭にずっしりと重量感があり身体《からだ》もだるいような気がした。熱《ねつ》があるのだろうか。しかしベッドに入っても寝つくことができず、だからといって本を読む気分でもない。ベッドの中から手を伸ばし、昨日受け取ったきりサイドテーブルに放置してあったエア・メールを手にしてみたが、開封する気になれずもとの場所に投げやった。浅井と一緒に画廊《がろう》に行った三日前以来ただベッドで無意義に時間を浪費しているだけでろくなことをしていない。十七歳という瑞々《みずみず》しい時間をまったくもって無駄《むだ》に使っている。

フロントに眠れる風邪薬《かぜぐすり》でももらいに行こうとのろのろと起きだした。

「キズナさん、これ、よろしければ差しあげます」

フロントで管理人さんが風邪薬と一緒に差しだしたのは、パンダとペンギンの写真が載っている二枚組のチケットだった。西郷さんがいる公園の動物園のチケットだ。「先ほどリフォームの営業の方が来られまして、お断りしたんですが、サービスだからと名刺《めいし》と一緒に置いていかれたんですよ。まあ名刺は捨てましたがね」リフォームは是非ともやったほうがいい気がする。特にエレベーターが落ちる前に。

「管理人さんが誰《だれ》かと一緒に行けば？」

「わたしは管理人ですから」

深くかぶった制帽の下で管理人さんはいまいちズレた答え方をした。

「でも、もしここがなくなったら……管理人さんはどうするの？」

「何も変わることはありません。わたしはいつでもこの建物とともにあるだけですよ」

ホテル・ウィリアムズチャイルドバード存続の危機《きき》にあるというのに管理人さんの声はいつもどおり穏《おだ》やかで少しの揺らぎもなかった。五階の廊下に飾られているヘンリ＝アルバート子《し》爵《しゃく》の肖像画がここにある限りきっと、管理人さんはこの建物の一部としてこの建物と一緒にここにあり続けるだけなのだ。

「じゃあもらう」

せっかくなのでチケットを受け取ったとき、

「ああ、浅井くん」

キズナの肩越しに向かって管理人さんが呼んだので反射的にぎくりと身が強張《こわば》った。

「浅井くん、よろしければご一緒に……おや？」

しかし管理人さんの声は一方通行のまま虚《むな》しく途切《とぎ》れた。キズナがフロントで話しているあいだに外から帰ってきたらしい浅井がフロントを素通りしてエレベーターのほうへと歩いていくところだった。モデルの解雇《かいこ》を宣告したからにはもう関《かか》わる用はかけらもないとばかりに、ヤンロンズ・デリの袋を手に提《さ》げた猫背気味の背中はキズナのほうを一顧《いっこ》だにすることもなかった。

浅井の背中ばかりを見ている。知りあった頃《ころ》からずっとそうだ。だって仮にキズナが先を歩いたところで浅井がキズナのあとを追っかけてくることなんてないから。振り返ったらぜんぜん違う方向に一人で勝手に行ってしまっているだろうから。

それでも三日前の朝までだったら背中を見つけたら追っかけていって、「どーぶつえん、行かない？」と気軽に言うことができたはずなのに、チケットを握りしめて立ち尽くすだけでキズナは一歩も動くことができなかった。解雇を宣告された今、キズナのほうからだって話すことなど何もない。だって何を話せというのだ。追っかけていって「行かないで」と泣きつけばいいのか?

絶対に言わない。


ペンギンが見たかったんだ。

ただそれだけなのに。


「キズナ!」

守衛室《しゅえいしつ》に飛びこんできた由起の格好は太腿《ふともも》の際《きわ》までスリットが入ったロングのチャイナドレス、色はラメがたくさん散らばったきらきらの黒。化粧も派手《はで》めでワインレッドのアイメイクとリップがキマっていて、赤ワインの濃厚《のうこう》な芳香《ほうこう》みたいなフェロモンを放っていた。

「はぁい、由起」

スチール椅子《いす》に座らされてお説教されていたキズナはへろへろと陽気に由起に手を振り、ひっく、としゃっくりをした。

「何してかしたの? うわ、酒くっさ」

「どーぶつえんに入ろうとしただけよう。チケットだって、ほら見て、ちゃんとあるのに。このオッサンたちケチで入れてくれないんだもん」

しわくちゃになったチケットを自慢《じまん》げに掲《かか》げてみせ、腕を勢いよく振りまわした拍子に足が泳いで椅子からひっくり返りそうになって「こら、危ない」と由起に背中を支えられる。

「チケットがあってもとっくに閉園時間ですがね。何時だと思ってるんだ、十二時だよ、夜中の。柵《さく》に登ってあけろあけろと大騒《おおさわ》ぎしたんだよ。まあ開園時間中でも泥酔《でいすい》したお客さんは断ってますがね。だいいち彼女、未成年だよねえ？」

制服姿の初老の守衛があからさまに嫌味《いやみ》ったらしいねっとりした声で説明した。夜中に動物園の門の前で暴《あば》れた少女を保護《ほご》したうえに迎えに来たのが水商売然とした女なのだから、頭の堅いオジサンの心証がよくなるはずもないのは当然だが。

「いいじゃんちょっとくらい入れてくれたって。ケーチ。ドケチ。ハゲ。ヅラ」

あかんべえをして悪態を吐くと守衛のこめかみがぴきっと引きつった。おお、もしかして図星？　あー本当にヅラなんだ。ヅーラーなーんーだー。別におかしくもないのにおかしくてたまらなくなりキズナはお腹《なか》を抱えて笑いだした。ああ、あのオジサンが胸に挿《さ》してるボールペン、クマさんがついてる。かわいすぎ。でもハゲだよ。動物園の守衛さんがハゲかよ。あそこに置いてあるマグカップ、取っ手が取れてる。取っ手なのに取れてるって！　持ちにく！　ハゲだって！　目に入るものが全部おかしい。ああ、なんでこんなに面白《おもしろ》いんだろ。笑いがとまらないよ。腹筋が痛《い》てえ。

「このままじゃ返せないからね。警察《けいさつ》に引き渡すから。連絡して」

「は、はい」

初老の守衛《しゅえい》が渋面《じゅうめん》で言って奥にいた若い相棒《あいぼう》に指示したところに「あーっ待って」と由起が口を挟み、「連絡するならここの派出所にしてくださいな。小山内《おさない》っていう巡査を呼んでください」アニマル柄《がら》のハンドバッグから携帯《けいたい》電話をだして連絡先を守衛に見せた。不服そうに守衛がそれをメモして若い守衛に渡す。

「じゃあそちらのご婦人、あなた、も座って待っててくださいよ。コーヒーくらいは淹《い》れますから。インスタントですがね」

「お酒ー。ビールちょーだい」

「キズナってば」

由起がキズナの口をふさいで「すみませえん、コーヒーでかまいませんわ」と愛想笑《あいそうわら》いする。由起の営業スマイルを食らったら世の男などひとたまりもあろうはずがなく、守衛は複雑な顔をしつつ奥の流し台に引っこんだ。

守衛の目が離《はな》れると由起は笑顔《えがお》を収めて嘆息《たんそく》し、キズナの隣《となり》に椅子《いす》を引いて腰かけた。

「もー、いきなりケータイに連絡来るんだもん。何があったのかと思って急いで来たのよ。うら若い女の子が泥酔《でいすい》して夜中にほっつき歩いたりしちゃ駄目《だめ》じゃない」

「そんなハゲのオジサンみたいなお説教聞きたくなーい」

わざと大声でキズナが言うとコーヒーを淹れていた初老の守衛の肩がぴくりと反応した。それがおかしくてキズナはまたげらげら笑う。

「心配だから言ってるの、わたしは。どんだけ飲んだのよ、まったくもう……ほら、もう笑わないの。お肌に皺《しわ》が寄るわよ」

「若いから皺なんてできないもん。由起と違うもん」

「わたしだってまだぴちぴちのハタチだわよ」

半眼《はんがん》で突っこんで由起はキズナのおでこにぺちっと手加減したデコピン。ぴぎゃあとキズナは奇声をあげる。女二人（に見える）のきゃぴきゃぴしたやりとりを守衛が苦々《にがにが》しげに横目で見ている。由起が椅子に腰かけて脚を組むとスリットがぎりぎりまではだけて太腿《ふともも》が露《あら》わになる。由起ってどんなパンツ穿《は》いてんだろ。トランクスだったら見えてるもんなあ。でもブリーフってことはないよなあ由起だもん。ビキニかなあ。Tバックかなあ。わたしだってTバックなんぞ持ってないのに。

「ふあー……」

笑い疲れて気が抜けた息を吐き、ちょうどいい高さにある由起の肩に頭を預けた。ほんのりといい匂《にお》いがした。由起はいつもいい匂いがする。

「バイト、抜けてきたの？」

「まあね。今日はもう一緒に帰るからいいわよ。小山内っちに送ってもらお」

「由起のバイトしてるとこ行ってみたいなあ」

「十八歳未満は入れないトコです」

「ケチ」

みんなケチだ。閉園時間だから駄目《だめ》とか十八歳未満だから駄目とか。行きたいときに行きたいところへ行くのの何が悪いんだ。

「……ペンギンをね、見たかっただけなの」

ぽつりと呟《つぶや》く。笑いすぎてもう声が掠《かす》れていた。

「ペンギンならまた見に行こうよ。ここの動物園でも海洋博物館《はくぶつかん》でも、今度また連れてったげるから」

「今度じゃやだ。今日見たかったの。今日じゃなきゃイヤだったんだもん。どうしても見たくなったんだもん」

「……キズナ？」

キズナの頬《ほお》を滑《すべ》った涙が由起のチャイナドレスの肩に染みを作った。生地《きじ》のラメに吸いこまれてそれは星の涙みたいにきらきら光った。

「ぐすっ……」

笑いの波が収まると今度は急に泣けてきた。さっきまで世の中の全部が逆立《さかだ》ちして裸踊りしてるみたいにおかしくてたまらなかったのに、今度は何もかもが絶望に満ちている。世界というお盆がひっくり返って何もかもが奈落《ならく》の底に落っこちていく。明日も明後日《あさって》もその先も、真《ま》っ暗闇《くらやみ》のどん底で楽しいことなんてなんにもない。

「キズナ」

鼻をすすって泣きべそをかくキズナの背中に由起が手をまわして撫《な》でてくれた。優《やさ》しくされると余計に涙がとまらない。肩を引き寄せられて素直に由起の胸に額《ひたい》を押しつける。パッドが入ってるのでふかふかな胸の谷間にちょうどよく顔が埋まる。やわらかくていい匂《にお》い。

「ごめん……泣き虫のわたしってダメだよね。勝ち気じゃないわたしはカッコ悪いよね。由起の好みの女の子じゃないよね」

谷間に埋まったままもごもごと言《い》い訳《わけ》じみたことを呟く。「そんなことないよ」と、優しい声とともに由起の手がよしよしと髪を撫でた。

「キズナが頑張《がんば》ってることを知ってる。突風に倒されないように踏ん張って、ずっと一人で今まで歩いてきたことを知ってる。だからときどき弱くなったっていいんだよ。そういうときは俺《おれ》がそばにいるから。ほら、だから今もいるだろ」

女言葉のときよりも少し低い声で耳に囁《ささや》かれる優しい言葉は胸のパッドと同じくらいやわらかくキズナを受けとめて、弱った心がきゅんと小さく鳴ってしまう。涙に濡《ぬ》れたキズナの髪をつけ爪《づめ》で飾られた由起の綺麗《きれい》な指がすくいあげて耳にかけ、頬をみっともなくぐちゃぐちゃにする涙を拭《ぬぐ》ってくれた。

「あれ、本気で言ったんだよ。もしあのホテルにいられなくなったら、俺《おれ》と住もうよ」

その言葉はとても甘くて優《やさ》しくて、世界の絶望からキズナを救いあげてくれる唯一の、とても力強い光で。

「ひっく……」

ひとつしゃくりあげてから、キズナはこくりと頷《うなず》いた。

顎《あご》を軽く指で引かれて顔をあげると、鮮《あざ》やかなワインレッドのリップで彩《いろど》られた唇がキズナの唇をふさいだ。

紙コップを両手に持った初老の守衛《しゅえい》が愕然《がくぜん》とした顔でこっちを凝視《ぎょうし》しているのを視界の端でちょっとだけ見て、キズナは目を閉じた。最近の若いモンは公衆の面前でちゅーちゅーしやがってとか言いたいんだろとそのときは思ったが、そうじゃなくてチャイナの美人と泣きべその少女が抱きあってキスしていたからであったのか、とあとになって気がついた。

少ししてから馴染《なじ》みの派出所の由起の馴染みの巡査が迎えに来た。こら君たち人前でとキズナと由起を自分の両側に引っぺがし、真《ま》っ赤《か》になりつつ「身もとは本官が保証します」と守衛に敬礼して二人の身柄《みがら》を引き受けて、パトカーで送ってくれた。

§

頭の芯《しん》に響《ひび》く痛みと酒臭さとで目が覚めた。

「うぅー」

起き抜けから最悪だ。こめかみを押さえつつ身をよじると、

「……んん？」

頭の下に誰《だれ》かの腕があった。

肘《ひじ》から肩に向かって眉《まゆ》をひそめて視線《しせん》でたどり、

「ぎゃあっ」

腕の持ち主を突きとばすようにして距離《きょり》を取りベッドから転げ落ちそうになった。

「んー？　なにぃ、キズナ。大声だしてぇ」

寝呆《ねぼ》け気味の間延びした声で毒づいて片目をあけたのは化粧っけのないすっぴん顔の由起である。そして上半身ハダカである。きらびやかなつけ爪《づめ》もはずしてあるし寝起きの不機嫌顔《ふきげんがお》も手伝《てつだ》って女っぽさのかけらもない完全な男モードだ。

キズナの格好はといえば、パンツ一枚のほとんど素っ裸。ぎゃあっとキズナは二度目の悲鳴をあげて掛《か》け布団《ぶとん》を掻《か》き抱《いだ》いた。

「別にない胸隠さなくても」

「やかましい」

布団《ふとん》の下から由起の腹に蹴《け》りを入れる。寝起きで力がでないらしく、由起はうめいて枕《まくら》に突っ伏したきりくたっと動かなくなった。

キズナのほうは眠気など一気に冷めていた。自分の部屋と間取りは同じだが、目に入るものや全体に感じる雰囲気が違う。一番に目を引くのは楕円型《だえんけい》の大きな鏡《かがみ》がついたドレッサーと、クロゼットに収まりきらずにハンガーラックにぎっしり並んだ洋服たち、オープンラックにはブーツやハイヒールがずらり。カッコイイ系からキレイめ系までいずれもセンスが感じられるそれらをルームライトのほんのりした灯《あか》りが雰囲気のあるブティックと見まがうばかりに照らしている。由起の部屋だった。

「まだ五時半だよう……もう少し寝ようよ」

寝転がったまま目覚まし時計を摑《つか》んで由起がぼやく。ベッドの端ぎりぎりまで後退してキズナは由起を睨《にら》みつけ、

「酔っぱらった女の子をベッドに連れこむなんて、サイテー」

「だってキズナ、小山内っちの車ん中で寝ちゃったじゃん。ここまで抱っこしてきてやったんだよ？　感謝《かんしゃ》されこそすれ蔑《さげす》まれる覚えはありませんよ」

「だっ、でもそれだって、脱がす必要はっ……」

言《い》い募《つの》る途中で一つの可能性に気がついて愕然《がくぜん》となった。まさか酔った勢いで捧《ささ》げるものを捧げてしまったなんてことは……お、憶《おぼ》えてない、けど、憶えてないだけにまさか……。

蒼白《そうはく》になるキズナを見あげて由起は意地悪くニヤリとし、

「いやあ、昨夜《ゆうべ》のキズナは激《はげ》しかったなあ」

「ばっ、嘘《うそ》ばっかり」

「口紅ついてるよ」

冷静に指摘され、はっとして唇をこすると手の甲にクレヨンを引いたみたいなワインレッドの筋がついた。いや、キスしたところまでは思いだせる。でもそれ以上を許した覚えはないぞ。断じて。たぶん。

「もいっかいしよっか?」

などと艶《つや》っぽい声で言われ、腕を引かれてベッドに引き倒された。こういうときの由起は完全に男の顔をする。ルームライトの薄灯《うすあか》りが片頬《かたほお》に深い影《かげ》を落としていっそう骨張った男っぽい雰囲気を作る。

「ちょっ、由起っ……」

「いいじゃん、一緒に住むんだしさー」

「あれはっ……」

昨日そんな話をしたのは憶えている。憶えてはいるけど、あのときは相当酔ってたと思うし頭がまわってなかったし……な、なんで頷《うなず》いたんだろう。ていうか昨日は動物園で暴《あば》れるわ狂ったように笑うわ泣きだすわ、ああ、記憶《きおく》が飛んでたほうがまだ幸せだったのに不幸なことに全部憶《おぼ》えてる！

「あれはその、たぶん雰囲気に流されちゃっただけでっ……酔っぱらいの言うことなんか真に受けるなっ」

「えー、あれ本気じゃなかったの？」

「当たり前じゃんっ。昨日はなんかわかんないけど悲観的《ひかんてき》になってて、ついほら、泣きべそかいちゃったりとかしたけどそれはあれだ、酒のせいってやつで、まだここをでてかなきゃいけないって決まったわけじゃないし、浅井さんの留学だって決まってないし、ここが存続するんだったら浅井さんだってきっとここに残ると思うし、そしたら別にわたしだって……」

早口でまくしたてる自分の声がだんだん尻《しり》すぼみになっていく。恐怖で身体《からだ》が凍りついてくるのがわかる。至近距離《きより》からこっちを見つめる由起の顔から悪戯《いたずら》っぽい笑いが消えて、目に見えて冷ややかになっていくからだ。蔑《さげす》んだように人を見るときの由起の瞳《ひとみ》は知っている間柄《あいだがら》でも本当に怖じ気《おけ》づくほどに冷たく、怖い。

「……なあんだ」

完全に興《きょう》ざめした声で、由起が言った。

「つまり俺《おれ》は有生の滑《すべ》りどめってことか。有生がいなくなったときに備えて一応キープしてるってだけで」

「キープって、そんなつもりで言ったんじゃ」

「そんなつもりじゃなくてもそういうことになるんだよ」

「そ……」

「でてけ」

言《い》い訳《わけ》する暇《ひま》も与えられなかった。

「ちょっ、痛い」

引き倒されたときと反対に今度は腕を摑《つか》まれて引きずり起こされ、そのまま引っ張っていかれて部屋の外にぽいっとばかりに放りだされた。パンツ一枚でである。「ひどっ、こんなカッコで」廊下に尻《しり》もちをついて抗議《こうぎ》するキズナの頭に昨夜《ゆうべ》着ていた服がばさばさと投げつけられてきた。「冷たっ」服を剝《は》ぎ取って顔をあげると戸口で由起がこっちの醜態《しゅうたい》を冷ややかに見おろしている。

「俺、昨日キズナが頷《うなず》いてくれたの、すげえ嬉《うれ》しかったんだけど」

感情を消した台詞《せりふ》を最後に吐きかけられ、目の前でドアが閉ざされた。

朝方五時半の廊下にパンツ一枚の格好で座りこみ、キズナは呆然《ぼうぜん》として閉ざされたドアを仰《あお》ぎ見た。ドアの向こうからはもう物音一つ聞こえない。なあんて冗談《じょうだん》、ちょっと虐《いじ》めたくなったただけだよお、なんてドアの隙間《すきま》から由起がいつもみたいなにやにや笑いを覗《のぞ》かせてくれる気配《けはい》は……なかった。

廊下の床《ゆか》は冷たくて露出《ろしゅつ》した肌があっという間に冷えてくる。胸の前で服を抱きしめて寒さと恥辱《ちじょく》に身を震《ふる》わせた。なんだってわたしがこんな、朝っぱらからハダカで放りだされるなんて辱《はずかし》めを受けるいわれが……。

「……冷た、い……？」

投げつけられた服は湿っていた。

洗ってあったのだ。

そうだ昨夜《ゆうべ》、パトカーで送ってもらう途中で気分が悪くなって吐いて、服を汚して……。

……バイト中にケータイに呼びだし食らって着替えもしないで血相変えて駆《か》けつけてくれて、怒るでもなく心配してくれて慰《なぐさ》めてくれて、馴染《なじ》みのお巡りさんに取りはからってくれて、吐《と》瀉物《しゃぶつ》もぜんぜん気にしないで処理してくれて、汚れたもの脱がせて洗って、寝かしつけてくれたのだ。

キズナの不安も泣き言もわがままも受けとめてくれた。ときどき弱くなったっていいって言ってくれた。そういうときは俺《おれ》がそばにいるから。ほら、だから今もいるだろ、って。

それを自分は一夜あけて酔いが冷めたら逆ギレして全部ひっくり返して……そのうえなんだって浅井の名前をだしてしまったのだろう。

最低だ。怒られて放りだされたってしょうがない。

ひどいことしたのは自分のほうだ。

§

何度見なおしても自分の学生番号と自分の名前である。学内の掲示板に貼《は》られた紙に、以下の者学生部に寄られたし、という文章とともにその一行が載っていた。用件が書かれていないのが不安を煽《あお》る。

4710095　政経3　イノウエヨシオキ

（うわあ、なんだろ。バイトのことバレたわけじゃないよなあ。バレないようにやってるし）

掲示板を見あげて胸中でぼやいた。

ちょうど午後の最後の講義《こうぎ》が終わる時間であり、掲示板前には帰《かえ》り際《ぎわ》の学生たちがばらばらと集まっていた。全学生がたいてい一日一度は立ち寄る掲示板に自分の氏名が晒《さら》されているというのは居心地《いごこち》のいいものではない。

「あれ？　政経にイノウエヨシオキなんていたっけ」

同じ学部の者だろう、件《くだん》の貼り紙を目にしてそんなふうに言っている二人組がいた。俺のことですよと由起は胸中で名乗ったがもちろん放っておく。学内の交友は広いがだいたいどこでもユキ、ユキと呼ばれて通っているので学生証に記載されている本来の読《よ》み仮名《がな》を知っている者は少ないのである。というか親たちですら当たり前にユキと呼ぶのに、ヨシオキなんていう言いにくい呼び方を意地でも貫いているのは有生だけだ。

「ユキィ」

「ユーキ」

掲示板の人ごみを離《はな》れたとき、左右から同時に声をかけられた。

左から来たちゃらんぽらんっぽい金髪は花田《はなだ》といって同じ学部の男友だちである。右から来たロングストレートヘアのコンサバ系美人はリンコ。学部は別だが親しい仲だ。

「由起、明日助《すけ》っ人《と》頼む！　頭数足りなくってさ」

寄って来るなりなれなれしく肩を組んで片手で拝《おが》んでみせるのは花田。しっしとばかり花田の手を払いつつ由起は半眼《はんがん》で問う。

「頭数って、どっちの？」

「こっち」

と花田は右手の親指を立ててみせ、

「相手、登山部の女の子たちなんだけど、ユキくんが来るなら行ってもいいよおって言うからさあ」

「で、俺《おれ》の都合も聞かずに安請《やすう》けあいしてしまったと」

「そう！」

にぱっと笑う花田の顔面に由起は拳《こぶし》を突き入れた（もちろんかなり手加減をして）。

「行かねーぞ、俺。とってもブルーなんです。コンパなんて気分じゃないんです」

「えーっ、困るって、もうOKしちまったもん」

「知らんよ。自分の尻《しり》は自分で拭《ぬぐ》いな」

「由起……俺のかわいいかわいい愛車だけどな、修理に当分かかるらしいんだなこれが。おかげでかわいそうな俺、S短の亜衣《あい》ちゃんと海行く約束してたのにドタキャンするハメになってな、それ以来亜衣ちゃんからメールの返事が来なくなってな、ああ、せっかくうまくいきそうだったのに……夜の海辺の駐車場《ちゅうしゃじょう》に車を停《と》めて雰囲気盛りあげる音楽かけて、あんなことやこんなこととかしてるはずだったのに……ああ！　さようなら俺の亜衣ちゃん。さようなら俺の淡《あわ》い恋。あれ？　そういえばでも、俺の車ってなんで事故ったんだったかなあ？　俺、覚えがないんだけどなあ？」

拳で顔を覆《おお》って大げさに男泣きなんかしてみせる花田。アホかと思いつつも由起はこれには逆《さか》らえない。賭《か》けバスケの借金のカタに花田の愛車を借り受けてキズナをドライブに連れだし、見事におしゃかにして返却したのは自分である。ついでに花田と亜衣ちゃんがいちゃいちゃするかわりにまさしく海辺の駐車場で〝あんなことやこんなこと〟の未遂をしたのも（これは花田には言っていないが）。

「わーったよ。明日だな。あけとく」

投げやり気味に頷《うなず》くと花田はもちろん涙など一滴も流した形跡のない顔をぱっとあげて、

「じゃ集合場所あとでメールするわ。じゃあなー」

手を振りながらスキップでもはじめそうな足取りで去っていった。掲示板を見ていた学生とぶつかって転びかけ「わあ、すまん」ダンスするみたいに半回転してバランスを取りつつ軽く片手を立てて謝《あやま》って。騒々《そうぞう》しい奴《やつ》だなと由起は呆《あき》れてそれを見送った。

「由起って花田には口が悪いよね」

「花田に猫かぶったってなんにも得することないもん」

「打算なわけね」

「そ。打算なの」

「へぇえ」

冷やかすような相づちを打って肩にかかるロングヘアを払うリンコを横目で睨《にら》み、

「何よ、その言い方。気になるな」

「別にぃ。由起が打算で動いてるところなんか見たことない」

「……」

渋面《じゅうめん》のままそっぽを向いて正門への道を歩きだした。当然といわんばかりにリンコもあとをついてくる。

花田とリンコ、二人ともに捕まるとは今日はつくづくついてない日だ。花田は車を壊《こわ》したこ

とを楯《たて》に何かと頼みごとを持ちこんでくるし、リンコちゃんは一年のときつきあってていろいろあって別れた子なので気まずいのですよ未《いま》だに。リンコのほうはもう気にしてないみたいだけど。

当然というか大学では普通に男の格好だ（合コンでは半々くらい）。傘《かさ》マークのブランドのポロシャツにパンツというごくシンプルな格好。第二ボタンまであけたポロシャツに細身の黒のタイをゆるく締《し》めている。教材や筆記用具が入った半透明のキャリングケースを小脇《こわき》に挟みパンツのポケットに手を突っこんで大股《おおまた》で歩く。

春には桜が咲き誇る構内の並木道を学生たちがいくつかの固まりを作って歩いている。仮にも私立の総合大学である。都心にありながらもキャンパスは広々としており緑が多い。しかし緑樹《りょくじゅ》に囲われたキャンパスを一歩でると、六車線《ろくしゃせん》の幹線道路の真上に高速が走る、これぞ大都会という風景のど真ん中に放りだされる。

リンコが小走りで隣《となり》に追いついてきて、

「えい」

やにわに股間《こかん》に手を伸ばしてきた。

……ぎゅむ、と掴《つか》まれた。

一瞬《いっしゅん》真っ白になってしまってから、

「ぎゃーっ、何すんの、セクハラっ」

跳びすさってキャリングケースで大事なところをガードする。周囲を歩いていた学生たちが突然の奇声に微妙《びみょう》にのけぞって奇妙な顔をする。リンコは悪びれたふうもなく手に触れた感触を確《たし》かめるみたいににぎにぎさせて、

「うーん、ホントに男のコなんだよねぇ」

「今さら何っ」中学生じゃないんだし当時はオトナのおつきあいをしていたのだから確認《かくにん》するまでもないでしょうに。

「男のくせにわたしよりキレイなんだもん。むかつく」

「リンコちゃんのほうがキレイだよ」

「本気で言ってくれてる？」

「本気だよ。リンコちゃんをキレイじゃないと思ったことなんてないよ。別れたの、そんな理由じゃないでしょ」

「ふうむ」

などとリンコは疑わしげにうなったりして、

「ま、いいか」

微笑して小首をかしげる仕草《しぐさ》をすると長いストレートヘアがさらりと肩を流れる。ひいき目でもなんでもなくリンコは美人である。かわいい系ではなくて、端正な彫刻めいた顔立ちというか。だから有生のモデルに紹介したのだし。

「ご飯食べに行こうよ」

「たかるの？」

「まさか。割り勘でいいよ」

またさわられるんじゃないかと及び腰になる由起の腕にリンコは自分の腕を絡めて率先して歩きだす。主導権《しゅどうけん》を握られつつ由起は仕方なく一緒に歩く。リンコは一時期有生のモデルをしていた。由起が連れてきたモデルの一人である。そのおかげでいろいろあって未《いま》だに頭があがらない。

「浅井くんと仲なおり、まだしてないの？」

「してないよ」

「浅井くんからはまず折れないでしょ。由起から折れればいいじゃない。だいたい由起が先に手をだしたんでしょ？」

諭《さと》すようなことを言いながらもどう見てもリンコは他人《ひと》ごとで状況を楽しんでいる。実際彼女にとって有生のことはすでにすっかり他人ごとなのだが。

「知らないよ。あんな根暗で偏屈《へんくつ》で未練ったらしいダメ男、ニューヨークでもインドの山奥でも南極《なんきょく》でも行っちまえばいいのさ」

「あら、なあんだ。置いてけぼりにされるからヘソ曲げてるだけなの？　由起は浅井くん、大好きだもんね」

「人が聞いたら誤解するようなこと道の真ん中でのたまわれないようにいたせましょうや」

とんちんかんな言葉遣《ことばづか》いで言い返すとリンコは端正な口もとにからかうような笑《え》みを浮かべた。完全にあっちが上位に立っているのが癪《しやく》に障る。由起にとっては他《ほか》にいないタイプの友人だ。だからリンコは苦手《にがて》なんだ。

ぶすっとして由起は前を向いた。

「有生は逃げようとしてるだけなんだよ。留学の話に柄《がら》にもなくちょっと前向きになってるのも、状況から逃げようとしてるだけ。変わるのが怖くて——皆子《みなこ》が死んで三年たつんだよ。そりゃ皆子の存在だって皆子への思いだって薄《うす》れてくさ。それは当たり前のことで、誰《だれ》を責めるようなことでもない。なのに有生はそれにビビって、あげくの果てにそれをキズナのせいにして、そんなバカタレにキズナはぜったい譲《ゆず》ってやんない。

……有生は何もわかってないよ。今逃げないで皆子を乗り越えることができたら、あいつはきっと治るのに。キズナだったらきっと助けられるのに」

「矛盾屋《むじゆんや》」

リンコが言った。笑いを噛《か》み殺すみたいな言い方が癪に障り、口を歪《ゆが》めて訊《き》き返す。

「何があ」

「ねえ、二つ同時には手に入らないんだよ。由起は自分が二つは持てないってことに気づいてなくて、一つを拾っては一つを手放して、慌てて手放したほうを拾っては持ってたほうを手放しちゃって、それを繰《く》り返してるんだよね。由起は結局どっちが欲しいの？　それを考えておかないと、二つとも手放すことになるよ」

　肩をすくめてリンコはくすりと笑った。かわいいペットのバカな行動を微笑《ほほえ》ましげに話す飼い主みたいに。口をとがらせて由起はリンコを睨《にら》みやり、

「帰る」

　リンコの腕から自分の腕を引き抜いた。キャリングケースを脇《わき》に挟みなおしてポケットに両手を突っこみ、二、三歩先行してから一度だけ振り返る。

「ごめん、ご飯はまた今度」

「いいよ。おごりでね」

　リンコはさして気にしたふうもなかった。

　正門からキャンパスをでる。片側が鬱蒼《うっそう》とした森のような大学の敷地《しきち》、反対側が往来の途絶《とだ》えることのない六車線《ろくしゃせん》の幹線道路という、二つの世界を隔《へだ》てる細い溝のような歩道をもう振り返らずに駅に向かって歩いた。

（矛盾《むじゅん》……かあ）

　有生がキズナに惹《ひ》かれはじめているのは明白だ（本人は無意識《むいしき》にか意識的にか否定しようとしてるみたいだけど）。仮にじゃあ、有生が〝治る〟ために素直になって変わろうとするのなら、自分はキズナを有生に譲《ゆず》るのか？　それも癪《しゃく》に障る話だ。なんで有生のためにそこまでし

てやらないといけないんだ。

……ていうか。

何マジになってるんだか。

有生が立ちなおろうと立ちなおるまいと放っておけばいい。いい大人《おとな》なんだから自分の面倒《めんどう》は自分でみろっていうんだ。キズナのことで本気になっちゃってる自分もなんだかな、と思う。今朝《けさ》なんかマジに腹立てたりしてかっこ悪いったらない。酔っぱらった勢いだなんてことわかってたんだから軽く受け流せばよかったのに。

「矛盾屋、ねえ」

声にだして溜《た》め息《いき》混じりに繰り返した。


とうとうオーナーが来日するという前夜、一階のラウンジに住人たちが集められた。号令をかけたのは山田華乃子である。なんだなんだと集まってきた住人たちはめいめいソファに腰かけたり床《ゆか》に腰をおろしたりして訝《いぶか》しげに華乃子の話を聞いた。

「みんないい？　オーナーがいるあいだはぜったいに問題を起こさないように、各自行動に注意すること。廊下で奇声をあげない。エレベーターの中で暴《あば》れない。共有スペースでのごっこ遊びも禁止。ご近所さんに迷惑をかけない。見ず知らずの人にいきなり摑《つか》みかかったり車の前に飛びだしたりなんて言語道断よ。それから不潔《ふけつ》だと思われないように。お風呂《ふろ》にはちゃんと入る。洗濯《せんたく》した服に着替える。ゴミを散らかさない。ラウンジでは仲良く、テレビとチャンネル争いをしない。とにかく〝ふつう〟に振《ふ》る舞《ま》うのよ」

腰に手をあてて仁王立《におうだ》ちする小学三年生から幼稚園児レベルの注意を受ける住人たちである。しかしここの住人たちには実際そんな程度の常識《じょうしき》も備わっていないのだ。〝ふつう〟に振る舞うことがここの連中にはたいそう難《むずか》しい。

「パパも、ネズミを追っかけて廊下を四本足で突進しないこと」

娘にぴしゃりと注意され、着ぐるみも申し訳なさげに大きな身体《からだ》を縮《ちぢ》こまらせた。

キズナは華乃子の後ろで柱に寄りかかっていた。集まった住人たちの中に浅井も由起もいない。そのことがどんよりと気分を曇《くも》らせる。浅井はおろか由起とすら部屋からパンツ一枚で放りだされて以来顔をあわせてもいなかった。それに加えていよいよ〝恐怖の大王〟の来日である。何からどう向きあえばいいのかキズナにはもうぜんぜんわからなかった。

中にはぶうたれる住人もいたが、「意見がある人は手を挙げて発言してちょうだい」と〝学級委員長〟華乃子に睨《にら》まれるとはっきりとは異議《いぎ》を唱えない。いずれにしろみんなここを立《た》ち退《の》かされるハメになったら困るのだ。華乃子の言うとおり、おかしな挙動をしてオーナーの心証を悪くしないよう〝ふつう〟に振る舞う努力をするしか策はない。

学級会は全員合意のうえで解散となった。

翌日の昼過ぎである。

ホテル・ウィリアムズチャイルドバードの門前に、胴体が無駄《むだ》に長い漆黒《しっこく》のリムジンタクシーが停《と》まった。キズナは四階の自分の部屋の窓からなんとなく息を潜《ひそ》めてその様子《ようす》を見おろしていた。他《ほか》の部屋の住人たちもたぶん同じように窓から通りを窺《うかが》っていることだろう。

出迎えた管理人さんがリムジンの後部座席のドアをあける。キズナは自然と固唾《かたず》を呑《の》んで目を凝《こ》らす。

リムジンから降りたったのは、いわゆる英国紳士然としたノッポの男だった。キャメルのスーツに同じくキャメルの格子柄のハンチング帽、ズボンの裾《すそ》は白いソックスの中に入れてワークブーツを履《は》いている。古めの外国映画にでてきそうな、ちょっぴり時代錯誤《じだいさくご》なくらいのいでたちだ。

顔はハンチング帽のつばに隠れていたが、男がホテルの外観《がいかん》を一望するように振り仰いだので四階からでも顔が見えた。癖《くせ》のあるブラウンの口ひげをちらりと生《は》やした、彫りの深い顔立ちの白人男性。想像していたよりもだいぶ若かったので驚《おどろ》いた。オーナーという語感からしてともすると老人かもと思っていたのだが、三十代かせいぜい四十代くらいに見える。

あの男がウィリアムズチャイルド男爵《だんしゃくけ》家の末裔《まつえい》で、現在のホテル・ウィリアムズチャイルドバードのオーナー……。

（わっ……）

地上からこっちを見あげた男と目があってしまい、キズナは反射的に窓辺に頭を引っこめた。いや別に隠れる必要はないのだがなんとなく。

目、ほんとに青かった。鼻もつんと高かった。ガイジンだ。

窓ガラスに頰《ほお》をつけて再びそうっと外を覗《のぞ》いてみる。ハンチング帽の男は一緒にリムジンを降りた通訳と思《おぼ》しき白人の男と管理人さんとを交えて何か話していた。そしてあろうことか話しながらキズナの部屋の窓を指差すではないか。

（な、なんでこっち指差すんだよっ……）

犯人はお前だと宣告された気がしてキズナはついついぎくっとした。

「キズナさーん」

管理人さんが両手でラッパを作って地上から声を張りあげた。疑う余地もなくハンチング帽の男はキズナを指名していた。

「恐れ入ります。ちょっと降りてきていただけますか？」

気分はまさしく公開処刑場に引きずりだされる囚人《しゅうじん》であった。

ロンTの上にジャケットをはおり、下はスパッツにスニーカー、そんなに不良っぽくは見えないよなと一応それなりに格好に気を遣《つか》って、キズナは重々しい気分でエントランスまで降りていった。オーナーと通訳をエントランスに待たせて管理人さんがリムジンの後部からトランクやボストンバッグを引っ張りだしてきたところだった。

「わたしはお荷物を持ってあとから参りますので、キズナさん、先にご案内してさしあげてくださいませんか」

「六階に連れてけばいいの？」

「ええ。六階にご案内してさしあげてください」さりげなく言いなおす管理人さん。

オーナーがノッポの目線《めせん》からこっちを見おろし、早口でペラリと何か喋《しゃべ》って右手を差しだした。「はじめまして、キズナ」と白人の通訳が訳して言う。外国人には発音しにくいのか〝キズナ〟のアクセントが不自然だった。

オーナーの仕草《しぐさ》は事務的な感じで、青い瞳《ひとみ》からは友好的な印象は受けなかった。偏屈《へんくつ》で人嫌いという情報が頭をよぎった。同じエーゴを話しているのだと思うのに浅井に会いに来た陽気な黒人アメリカンとは声の抑揚《よくよう》もぜんぜん違う。なんていうか、つまらなそうなのである。この国が好きではないのかもしれない。

お互いに消極的な握手を軽く交わして、

「こっち……です」

とキズナは奥へと先行して歩きだした。通訳が短くそれをオーナーに伝え、二人があとをついてくる。歩く速さと後続との間隔《かんかく》を摑《つか》みかねてどうにも非常に歩きにくい。

掃除《そうじ》用具部屋がある一階の廊下の奥から〈掃除人〉の頭髪の薄《うす》いいびつな頭とぎょろりとした目玉が二つ覗《のぞ》いていたので視線《しせん》と口先で「しっ」と追い払った。〈掃除人〉がぴゅうと頭を引っこめると「わあ」「わあ」「わあ」と囁《ささや》き声《ごえ》が連続して聞こえた。全員が一列に並んで我《われ》も我もと様子《ようす》を窺《うかが》おうとしていたのが想像できてげんなりした。オーナー到着早々先が思いやられる。

背後でオーナーがペラッと喋《しゃべ》り、通訳が少しイントネーションのおかしな日本語で話しかけてきた。

「この音はなんですか？」

……さっそく来たか。キズナは背中を強張《こわば》らせた。

音と言えばもちろん、上のほうの階から断続的に聞こえる、空気をか細く震《ふる》わせるような金切り声。ホテル内のどこにいてもかすかに聞こえるこの不快な音は住人であれば特別気にもとめないところだが、はじめて訪れる者には耳に障るだろう。どこの部屋の誰《だれ》の声なのか知っている者はいない。行動を慎《つつし》むよう住人には注意できても、でどころのわからないこの現象だけはどうしようもない。

「これは、あれ、この国の伝統文化、ウグイス張りっていうやつよ……です」

ものすごく適当なことを言った。通訳がそれを英語に変換して伝えるとオーナーはふんふんと頷《うなず》く。なんて通訳されたのか知らないが納得したようである。ていうかするなよ納得、こんなんで。

中学の修学旅行でそんな廊下があるお寺に行ったのである。線香臭《せんこうくさ》い建物の見学ばっかりで当時のキズナはぜんぜん面白《おもしろ》くなかったのだが、今になってはじめてあの体験《たいけん》が役立った。

エレベーターに乗りこんで六階のボタンを押す。キズナが操作盤《そうさばん》の前、オーナーと通訳が奥に立ち、キズナは全身を緊張《きんちょう》させて気詰まりな時間を耐えるハメになる。しかもこのエレベーターが呪《のろ》わしいくらい遅いのである。

オーナーがまた何か言い、通訳がそれをキズナに訳した。

「ここでの暮らしはどうですか？」

なるほど、キズナをサンプルにして実態を聞こうと案内役を命じたのか。キズナの答え如何《いかん》によってオーナーのこのホテルに対する印象が左右されるのだから責任重大である。

「ここはとてもいいところよ……です（悪くない、という意味ではね）。住んでる人たちはみんな仲良く助けあってるし（お互いに干渉《かんしょう》しないという意味でね）、みんないい人たちばかりだし（無邪気《むじゃき》すぎるくらいにね）、古いし汚いし湿気《しっけ》てるし見てのとおりエレベーターものろいけど（あ、本音がでてしまった）、あーでもいつも掃除の人たちが塵《ちり》ひとつなく磨《みが》いてくれてて清潔《せいけつ》だし（目の前の操作盤の押しボタンにはたっぷり五ミリの埃《ほこり》が積《つ》もっていた）……えーと、とにかくわたしも、他《ほか》の人たちも、とてもここを気に入ってる……のです」

通訳がそれを訳すのをオーナーは青い目を細めて聞いていた。下手《へた》なことを言わなかったかとキズナは生きた心地《ここち》がしない。そもそもはっきり言ってこのホテルのいいところを説明するなんて不可能なのだ。だっていいところなんてないんだから。

オーナーが通訳に対して喋《しゃべ》る。通訳がそれをキズナに伝える前に、キズナの耳でも聞き取ることができた単語があった。

“your home ?”

. . . . . .home.

そうだ。住人が奇人変人ばっかりでも、古くて汚くておかしな現象が絶えなくても、他人にいいところを説明できなくても。

オーナーの目を見あげて、オーナーに向かって直接キズナは答えた。

「そう。ここは、わたしの家《ホーム》なの」

ご機嫌取《きげんと》りでもなんでもなく、それだけは本心からの答えだった。

オーナーと通訳を六階に送り届け、管理人さんが荷物を運び入れてきたのと入れ違いにキズナは役目を終えて自室に戻った。

ひとまずなんとかなった、気がする。今のところ目にある問題は起こっていない。華乃子に釘を刺されたとおり住人たちもおとなしくしているようだし、このまま平穏《へいおん》に滞在期間が過ぎてくれれば何よりだ。

しかし何故《なぜ》だろう、ひしひしと嫌《いや》な予感がするのである。

住人たちがおとなしすぎる……とは思わないか？　静かすぎるのだ。まるで嵐《あらし》の前の静けさのような。

その日の夜、予感は現実になった。

「衛藤キズナ！」

部屋のドアを乱暴《らんぼう》に叩《たた》く者があり、ドアをあけてみると外に立っていた華乃子が「あれ、いた」なんて言った。自分の部屋にいただけの人間がなんで訪問者に「あれ、いた」などと言われなければならないのだ。

「何？」

気分を害してすげなく応じると、華乃子は血相を変えてキズナに詰め寄らんばかりに言ってきた。

「いないのよ、誰《だれ》も」

「いないって、誰が？」

「だから誰もっ。いつの間にかパパもいないし、一階から四階まで見てきたんだけど、誰も部屋にいないの！」

「どういうこと？」

「こっちが訊《き》きたいわ」

わあああっと歓声《かんせい》のようなものが聞こえてきたのはそのときだった。キズナと華乃子は同時に頭上を振り仰《あお》いだ。

「上だわ」

「まさか……」

二人とも不吉《ふきつ》な面持《おもも》ちを見あわせて頷《うなず》きあい、キズナの部屋をあとにして上の階へと続く階段を駆《か》けあがる。五階は素通りして六階、オーナーのプライベートフロアへ。他《ほか》のフロアと違って廊下にはくすんだエンジの絨毯《じゅうたん》が長々と敷《し》かれ、正面に観音開きの大きな扉がある。

開け放たれた扉の奥からおおおおおおおおおおおおおおおおというどよめきがあがった。続いてリズムの狂った手拍子、ハラキリ、ハラキリとはやしたてる声。あきらかに大人数が集まっている。

決して現実に起こってはならなかった惨劇《さんげき》が、扉の向こうに広がっていた——キズナと華乃子にしてみればまさしくそれは惨劇だった。

キズナが昼間案内したときは綺麗《きれい》に掃除されていたはずのリビングが原型をとどめないほどすでにすっかり散らかり放題。空《あ》き缶《かん》や酒瓶《さかびん》、お菓子の袋、脱ぎ散らかされた服、ポテチや柿の種やイカゲソや寿司《すし》やフルーツやこぼれたビールやなんかが床《ゆか》一面に散乱し、おまけに何故《なぜ》か大量のコインやビー玉、鍋《なべ》ぶた、洗面器……それらをがさがさと踏みつけて、このフロアにいるはずのない他《ほか》の階の住人たちがハラキリ、ハラキリとはやしたてでたらめに手を叩《たた》き跳んだりはねたりしながら輪《わ》を描いてまわっている。みんなほろ酔いで、中には半裸になっている者も。足取り怪しくときどきよたよたとよろめいて輪《わ》が乱れる。

その輪の中心にオーナーがいた。

白い布地一枚を腰に巻いただけという裸同然の格好に剝《む》かれて床に正座し、手には抜き身の小刀。逆手《さかて》に握った小刀の切っ先をあばらの浮いた自らの腹の柔らかい部分に向け、無念そうに目を閉じて「ニッポン……サムライ……ケジメ……ユビツメ」なんて単語を呪文《じゅもん》のように呟《つぶや》いている。

「ソレ、ハラキリ」

「ソレ、ハラキリ」

やんやと起こる手拍子にあと押しされて、小刀の切っ先で今にも腹をかっさばかんと。

「や、やめなさぁ────いっ」

叫んでキズナは部屋に飛びこんだ。しかし騒《さわ》ぎはすぐには収まらない。「やめなさい、やめなさいってばっ」騒ぎの中に踏みこんでいき、落ちていた洗面器を拾いあげて手近な住人の後頭部を、

「やめんかっ」

ぱっかーんと力いっぱい殴りつけた。

素《す》っ頓狂《とんきょう》なその音でようやく注目を引き、住人たちは手足をばらばらな方向にくねらせた変な踊りのポーズのまま、オーナーは小刀を握りしめたまま、みんな硬直してキズナに視線《しせん》が集

まった（ただし素知らぬ顔の者が約二名。へれんは髑髏《どくろ》の燭台《しょくだい》を掲《かか》げてくるりとまわり「ティンカーベル、ウエンディたちに魔法《まほう》をかけてあげて。さあ、子どもの国へ行こう」などと虚空《こくう》に向かって喋《しゃべ》り続け、神経症の男は窓辺を行ったり来たり、思い詰めた顔で「英国の組織《そしき》の人間が俺《おれ》を暗殺しに来たのだ。だからとっととム所にブチこんでくれと言ったのにっ……」などとぶつぶつ言って頭を抱えていた。この二人は放っておくしかない）。

怒りで頬《ほお》を上気させてキズナは住人たちを睨《にら》みつけ、

「これはなんの騒《さわ》ぎなの？　問題を起こさないようにってことになってなかった？」

宴会《えんかい》を強制中断されてどことなく不満げに住人たちが互いに視線《しせん》を交わしあい、

「何って……」

「はて、なんじゃったかのう？」

「歓迎会《かんげいかい》……じゃなかったっけ？」

「おおっ」

「そうそう歓迎会じゃ」

「オーナーにここを好きになってもらおうって」

「みんなで贈《おく》り物《もの》を持ち寄って……」

視線でバトンリレーするみたいにして一人ずつ喋る。

「歓迎会？　誰《だれ》が言いだしたの？」

問いただすと住人たちは不思議《ふしぎ》そうに首をかしげてそれぞれがそれぞれ違う者の顔を見るのでキズナは片頬《かたほお》を引きつらせた。

なるほど言われてみれば、部屋の中には各自が持ち寄った贈り物と思《おぼ》しき品々が溢《あふ》れ返っていた。フルーツも寿司《すし》も鍋《なべ》ぶたも洗面器もコインもビー玉も髑髏の燭台もキョンシーのミイラも虎《とら》の絵柄《えがら》の金屏風《きんびようぶ》も、そしてオーナーが腰に巻いているフンドシも。住人たちにしてみればそれぞれのとっておきを持ってきたのだろう。

贈り物の内容はともかくとして、住人たちの誠意はわからないでもない。百歩譲《ゆず》ってわからないでもないことにしよう。しかしその歓迎会がどうひっくり返るとオーナーがフンドシ一丁でハラキリさせられるという事態につながるのだ？

「申《もう》し訳《わけ》ない、遅れてしまった」

大きな影《かげ》がのそりと部屋を覗《のぞ》いた。ぎっしりと中身が詰まって丸く膨《ふく》らんだ、サンタクロースのごとき白い袋を肩に担《かつ》いだ三毛猫《みけねこ》の着ぐるみだった。「パパあ」華乃子が目に涙を溜《た》めて着ぐるみのお腹《なか》に飛びこんでいった。

「遅れてすまないね、華乃子。今まで贈り物を用意していて」

しかし着ぐるみまでもが頭を掻《か》き掻きそんなズレたことを言う。

「もう、パパまで何言ってっ……」

着ぐるみが担いだ袋の中身が、もぞっとうごめいた。

嫌《いや》な予感が。

「ちゅう」

袋の口から灰色の小さな生き物がちょろりと覗《のぞ》いた。

「ちゅう」「ちゅう」「ちゅう」「ちゅう」

続いて何匹も何匹も、ひょこひょこと頭を覗かせて。

「きゃ――――っ」

華乃子が悲鳴をあげて着ぐるみから飛びすさった。

何十匹ものネズミたちが袋から飛びだして部屋の中を縦横《じゅうおう》無尽《むじん》に走りまわる。靴の上をちゅるるっとネズミが走り抜け「ぎゃっ」とキズナも叫んで跳びあがり、かと思えば頭上をぴょんとネズミが跳び越え頭を抱えてしゃがみこむ。

「うわっ?」

「きゃあああっ」

あっという間に部屋中がパニックに陥《おちい》った。ネズミを捕らえなおそうと着ぐるみが駆《か》けずりまわってさらにパニックに拍車をかける。逃げまどう住人たちが巨漢《きょかん》の着ぐるみの突撃《とつげき》を食らって右へ左へと薙《な》ぎ払われどつき倒されテーブルやソファがひっくり返され花瓶《かびん》は粉砕《ふんさい》されクッションの綿は引きずりだされ、ネズミと猫の追いかけっこはまさしく阿鼻《あび》叫喚《きょうかん》の地獄《じごく》絵図のごとく。「パパのばかあ――――っ」戸口に座りこんだ華乃子が泣きながら喚《わめ》く。

着ぐるみが一匹のネズミを目標に捉《とら》えて腕を振りあげる。鋭《するど》い爪《つめ》がきらりと光る。しかしネズミは間一髪《かんいっぱつ》でちゅるりとその腕をかいくぐり、虚《むな》しく虚空《こくう》を引《ひ》っ掻《か》いた着ぐるみの爪が、白い何かの布の端を引っかけた。

まばゆい純白の一反木綿《いったんもめん》がひと筋の飛行機雲《ひこうきぐも》のようにひらひらと宙を舞《ま》い――。

「……あ」

頭を抱えてうずくまったまま、キズナは間が抜けた声をあげた。

それはオーナーが腰に巻いていたフンドシで。

ネズミたちから逃げまどっていた住人たちの視線《しせん》が自然と一箇所に集まった。

その視線の先には、衆人の真ん中で一糸まとわぬ姿にされて呆然《ぼうぜん》と立ち尽くすオーナーの股《こ》間《かん》があった。

§

おしまいだ。一縷《いちる》の望みもない。

ホテルの存続のために何かできることはないだろうか、そうだオーナーによろこんでもらおうそうしようと住人たちがこっそり企画した歓迎会《かんげいかい》が、状況を見事に破滅へと追いこんだ。余計なことなど思いつかずに黙《だま》って部屋に引っこんでいてくれればこんな事態に陥ることはなかったものを。ちなみにハラキリに至った経緯はワサビ特盛り寿司《ずし》ロシアンルーレットだそうだ。この国の伝統では罰ゲームとしてフンドシ一丁で腹を切るのだと誰《だれ》かが適当なことをオーナーに教えこんだらしい。

昨夜《ゆうべ》の乱痴気騒《らんちきさわ》ぎ以降オーナーは自室に引きこもって寝こんでいる。ホテルの存続はどう考えたって絶望的だった。

キズナは一人で六階のスイートルームを訪れていた。しばらく躊躇《ちゅうちょ》したあげく思いきって呼《よ》び鈴《りん》を鳴らすと、ドアをあけたのは管理人さんだった。

「キズナさん、どうされました?」

「ウィリアムズチャイルドさんと話せる?」

「申《もう》し訳《わけ》ありませんが、今はどなたにもお会いになりたくないと」

「少しでいいの。話せない?」

思い詰めた面持《おもも》ちで管理人さんを見あげてキズナは重ねて問う。

「困りましたねえ……」

首をかしげる管理人さんの肩越しに滑《なめ》らかな英語が聞こえた。少しぐったりした感じだがオーナーの声だった。管理人さんがその声に頷《うなず》いて、「お会いになるそうですよ」とキズナを中へ招いてくれた。

部屋は昨夜のまま放置され、乱痴気騒ぎのすさまじさを物語っていた。ネズミだけは山田氏に追いかけまわされてすべて逃げ去ったあとだったが。しかし一匹二匹くらいはそのうち家具の下から顔をだすかもしれない。

スリッパにバスローブ姿、若干《じゃっかん》やつれた顔をしたオーナーが、奥のソファに深く身体《からだ》を沈めていた。ソファの脇《わき》にはキョンシーのミイラ、背後には虎《とら》の絵柄《えがら》の金屏風《きんびょうぶ》、サイドテーブルには髑髏《どくろ》の燭台《しょくだい》。和洋中がごちゃまぜになったすばらしく悪趣味《あくしゅみ》な光景である。

「管理人さん、通訳してくれる？」

今日は通訳の男がいなかったので管理人さんにそう頼み、硬い表情でキズナはオーナーの青い瞳《ひとみ》を睨《にら》み据えて、
そして、深々と頭をさげた。

「……お願《ねが》い。わたしたちを追いださないで。ここにいさせてください。このホテルをこのままにしておいてください。迷惑《めいわく》をかけたことはこのとおり謝《あやま》ります。謝って足りなければ、わたしにできることだったらなんでもします。だから、お願いです……わたしたちの、たったひとつの家《ホーム》を取りあげないで……」

「キズナさん……」

管理人さんの困惑気味の声が背中にかかる。「通訳して」キズナは頭をあげずに自分の靴を睨んだまま請《こ》う。

人に謝ることも敬語を使うことも慣《な》れていなかった。普段《ふだん》のキズナだったら絶対にやらない、

屈辱《くつじょく》的《てき》な行為ですらある。でも……謝《あやま》って、頼むしかないのだ。これしかキズナには思いつかない。

管理人さんが英語に訳してオーナーに伝えるあいだ唇を嚙《か》みしめて待った。頭をさげるだけじゃ足りなくて土下座《どげざ》をしろとでも言われたら、どんなに悔しかろうと歯を食いしばって床《ゆか》に額《ひたい》をこすりつけるつもりだった。

「キズナ……顔をあげてください」

オーナーの声が頭にかかった。

穏《おだ》やかな声だった。いや、声の調子《ちょうし》はともかくとして。

「は？」

ひっくり返った声をだしてキズナは頭をあげた。ていうか今の、日本語っ……じゃあ今のキズナの台詞《せりふ》も最初から全部わかって……？

ソファの肘《ひじ》掛《か》けに頰杖《ほおづえ》をつき、オーナーは怒っているふうでもなく青い瞳《ひとみ》にただ静かな表情をたたえていた。イントネーションはところどころ不自然なもののはっきりした日本語で、言った。

「なんでもすると言いましたネ。わたし、一緒に行って欲しいところあります。つきあってくれますネ？」

目的地を知らされないままオーナーと二人でタクシーに乗ってでかけた。今日はリムジンではなくて普通のタクシーだ。なんでも〝これはオシノビなので目立つのは駄目《だめ》なのです〟だそうだ。お忍びとかいう単語をよく知ってるな。

タクシーなんて贅沢《ぜいたく》な乗り物に不慣《ふな》れなキズナは座っていてもお尻《しり》が落ち着かず、隣《となり》に座るオーナーのほうをときどき横目で窺《うかが》っていた。オーナーは何食わぬ顔で高い鼻と青い瞳を前に向けている。タクシーにこもる独特の閉塞感《へいそくかん》が余計に沈黙《ちんもく》を強調《きょうちょう》し居心地《いごこち》が悪いったらない。

頭の中で無理矢理《むりやり》話題を探した。

「……日本語喋《しゃべ》れたのね、ウィリアムズチャイルドさん」

「はい。わたし、この国の文化を尊敬しています。この国の文化にもっと深く触れたくて、頑《がん》張《ば》って言葉を勉強しています」

「それだけ話せたら十分立派だわ」

ちらりとこっちに青い瞳を向け、オーナーは彼の母国語で流麗《りゅうれい》に礼を言って笑った。笑うと目尻に皺《しわ》ができ、初対面のときに受けた冷たい印象よりもずいぶんやわらかい感じになる。

彼の真意を摑《つか》みかねてキズナはどうにも混乱していた。彼はこの国が嫌いなわけではなかったらしい。むしろこんなに真摯《しんし》に言葉を勉強するほどに好意的だ。というか、ワサビ特盛り寿司《ずし》ロシアンルーレットで負けたからといってフンドシ一丁になって「サムライ、ケジメ」とか呟《つぶや》きながらハラキリに応じるほどに。もしかして虎《とら》の金屏風《きんびょうぶ》とかって案外的《まと》を射た、むしろ彼にとっては大ヒットな贈《おく》り物《もの》だったのか？

「キズナ、あなたはこの国が好きですか？」

逆に話を振られて、キズナは答えに詰まった。

「……好きってわけでもないわ。ただわたしがここで生まれてここで育ったから、ここにいるだけだと思う。他《ほか》の国に行ったこともないから比べたこともないし」

「フム……ではあなたはここで今、何をしていますか？」

「何って……」

「あなたがここにいる意味はありますか？」

何故《なぜ》そんなことを赤の他人に訊《き》かれなければならないのだ。反抗心を覚えながらもキズナは言い返せなかった。

ここにいる意味。そんなものは別にない。ここしか居場所がないからここにいる。住んでいるのは変人ばかり、建物は柄《がら》のよくない界隈《かいわい》にあって古くて汚くてエレベーターは超絶にのろいけど、でも、ここがキズナを受け入れてくれるたったひとつの場所だから。

浅井はいつか海外にでていって、もしかしたらいずれ世界に認められる画家になるかもしれないのに、それに比べてキズナには何もない。今やりたいことも、将来やってみたいことも、ここ以外に行きたい場所も。ただ今のまま変わらずここで暮らしていければいいと思っているだけ。

嫌《いや》なことに気づかされてしまった。

浅井はニューヨークに行くかもしれない。由起も大学をでたらあっさり他へ行くつもりだと言った。ホテル・ウィリアムズチャイルドバードの存続がもし守られたとして、いずれにしてもキズナだけが取り残されるのだ。今のまま変わらず暮らしていければいい――そんな願《ねが》いが永遠に保証されることなど決してない。キズナ一人が不変を願ったところで、いつか住人たちは一人一人、それぞれここことは違う居場所を見つけて鳥籠《とりかご》から巣立っていってしまうかもしれない。

「キズナ、もしあなたに新たな家《ホーム》を提供すると言ったら、あなたはそこへ行きますか？　学校へも行けるように手配しましょう。あなたが望むなら、どんな勉強でもできる環境《かんきょう》を用意しましょう」

キズナの境遇《きょうぐう》を知っていてあらかじめ用意していたかのような提案だった。いったい何が目的でキズナを連れだし、あげくにそんな提案を？

のこのこと無防備についてきたのは失敗だったかと今さら頭の中で警報《けいほう》が鳴りだした。全身に緊張《きんちょう》が走る。

「ウィリアムズチャイルドさん……あんた何者……？」

声色を低くして問う。キズナの剣呑《けんのん》な視線《しせん》をオーナーは涼しい顔で受け流し、「ああ、着いたようですネ。降りましょう」

タクシーが路肩に寄って停《と》まった。

どこへ着いたのかと訝《いぶか》しげに窓の外を見やって、

「……ん？」

ぴくりと頬《ほお》が引きつった。

電飾がべかべかと輝《かがや》く電気店や二次元美少女が描かれた大看板《だいかんばん》がこれでもかとばかりに密集して立ち並ぶ街並み——電気店の無駄《むだ》にテンションの高いテーマソングが大音量で垂れ流されてタクシーの窓越しにも聞こえてくる。大きな紙袋を提《さ》げた買い物客が絶えることなく往来し、中には外国人観光客《かんこうきゃく》も多い。

こ、ここってもしや……。

絶句するキズナと対照的にオーナーのほうは感激《かんげき》に拳《こぶし》を握りしめ、

「スバラシイ！　世界に誇るニッポンの文化の結晶、ここがデンキガーイですネ！」

その後オーナーは電気街の中でも最大規模《きぼ》を誇る電気量販店を全フロア制覇《せいは》すると意気ごんでキズナを引っ張って歩きまわり、駅前でチラシを配っているコスプレメイドさんを見て「これがニッポンが生みだした新文化〝メイドサン〟ですネ！」と量販店で買ったばかりのデジカメをさっそく役立ててメイドさんにツーショット写真を申しこみ嬉々《きき》としてキズナにシャッターを押させ、あげく「そろそろ時間ですネー」と時計を確認《かくにん》して、事前に調《しら》べていたらしいとあるビルへと向かった。

一様に似たような（キズナに言わせればパッとしない）格好をした男たちが同じビルへと続々と吸いこまれていく様子《ようす》に嫌《いや》な予感を覚えるキズナの手を引き、少しも迷わない足取りでオーナーが向かったのはビルの地下にあるイベントスペースのようなところで。

一種異様な熱気《ねつき》に包まれたその場所ではあるライブイベントが行われていた。

「わたし、このライブのためにこの日に来日したのです。ニッポンのアイドルとてもキュートです。あっ彼女です。彼女がわたしのお気に入り、マサミちゃんでーす。オー、ウェブサイトの写真よりも実物のほうがベリィキュートでーす。チョイブス、チョイポチャなくらいがよいのですヨ、手が届きそうな女のコというやつですネ！

せーの、L・O・V・E・マサミちゃ――――ん！」

「アホかあっ」

ステージに向かって野太い雄叫《おたけ》びをあげるオーナーの後頭部をキズナは我慢《がまん》ならずにはり倒した。

「アウチ！　キズナ、何を怒っているのですか？」

「いっぺん死ね。バカバカしい、帰るわ」

「オー、違うのです、待ってくださーい。行きたいところもうひとつあります。キズナに案内して欲しいのでーす。キズナのマザーのところへ……」

追いすがってくるオーナーを無視してつきあってられるかとライブ会場をでる。さっきまでの不吉《ふきつ》で謎《なぞ》めいた話の流れはどこに吹っ飛んだよオイ。何者かと思ったらただのアイドルオタク外人じゃねえか。チョイブス、チョイポチャで手が届きそうな女の子ってどういう通好みだよそれは。

そうなのだ、彼はホテル・ウィリアムズチャイルドバードのオーナー。〝変人の巣窟《そうくつ》〟の元締《もとじ》めが変人でないわけが——。

足をとめた。

……今、なんて言った？

「ママの……ところ？」

都心の片隅《かたすみ》に控えめに佇《たたず》むとある小さな寺院の納骨堂、学校のロッカーを思わせる黒塗《くろぬ》りの棚が壁《かべ》一面にずらりと並ぶ、その中のたったひとつの空間が、今やわずかな遺骨《いこつ》のみとなった母が眠る場所だ。上履《うわば》きひと揃《そろ》い放りこんだらいっぱいになってしまうくらいの、本当に小さな小さなスペースだった。

キズナ自身もひさしぶりに訪れた。母に立派な墓所《ぼしょ》を用意してやれなかった後ろめたさもあって自然と足が遠のいていた。しかし生前の母を思うとどのみち立派な墓《はか》などこしらえてもよろこばないような気もした。何ごとにも穏《おだ》やかで、そして慎《つつ》ましやかな人だった。

事前にきちんと勉強してきたらしい手順でオーナーは納骨堂共用の仏壇《ぶつだん》に線香《せんこう》をあげ手をあ

わせた。若干《じゃっかん》つたない仕草《しぐさ》ながらも、そこには故人に対する偽《いつわ》りのない誠意と敬意が感じられた。キズナのほうがきちんとした手順を知らないくらいだ。

「ねえ、あんたは何者?」

という疑問が再び浮かんでいた。

「どうしてママを知ってるの?」

合掌《がっしょう》を終えてオーナーは仏前からキズナのほうに視線《しせん》を移し、彫りの深い顔立ちを困ったように少し歪《ゆが》めて、こう言った。

「わたしはウィリアムズチャイルド氏ではありません。氏の代理で来日しました。氏は高齢《こうれい》で、もう長いあいだ床《とこ》に伏しておられます」

「って、偽物《にせもの》?　オーナーを騙《かた》ったの?」

「騙《だま》そうと思ったのではないです。ただ皆さんがわたしを氏ご本人と勘違いしていたので、つい……あの金屛風《きんびょうぶ》はぜひとも氏には内緒《ないしょ》でわたしがガメて母国に持ち帰りたい一品でしたので……あ、デンキガイに立ち寄ったこともどうかナイショでお願《ねが》いします。あれはオシノビでーす」

ニッポンマニアでアイドルオタクであるのはどうやら本当であるのか（しかしガメるとかほんとに妙な言葉まで知ってるな）、男はばつが悪そうに言葉を濁《にご》してキズナに対して拝《おが》んでみせる。しかしそれではまだキズナの疑問の答えにはならない。

「それで、オーナーの代理人がどうしてママを知ってるの?」

「氏からお手紙をお送りしていたはずですが、まだ読んでいないのですね」

「……手紙? わたしに?」

オーナーから手紙などもらったこともないしもらう道理もない。キズナにホテル・ウィリアムズチャイルドバードの部屋を手配してくれたのは母の頃《ころ》からの後見人であり、キズナ自身はオーナーなる人物とはまったく面識《めんしき》がない。後見人からの手紙であれば、未開封のままほっぽり置いてあるのが一通あるが。

……って、え?

ちょっと待って、まさか……。

「イギリス人の後見人、って……でも違うわ、だって名前が違うじゃない。あの人はウィリアムズチャイルドバードなんて名前じゃない」

「もちろんペンネームです。氏は小説家ですから」

「でも、だって、そんなわけ……」

つまりキズナが母の生前から聞かされていた後見人なる人物の名前はペンネームで、本名はなんたらウィリアムズチャイルド、ということ?

唐突《とうとつ》にあかされた事実に混乱が先立って簡単《かんたん》には受け入れることができなかった。

後見人のイギリス人小説家が、ホテル・ウィリアムズチャイルドバードのオーナーと同一人

物だった、だなんて……しかし母の他界後、遠い母国からにもかかわらずキズナが路頭に迷う前にホテル・ウィリアムズチャイルドバードに部屋を用意してくれた手まわしのよさを考えたら納得できないことではない。というかむしろそう考えると必然性がある。代理人が母の墓《はか》を参ってくれたのも、もちろんそれなら納得できる。

いや、でもそんなこと急に言われてもなあ……。

混乱はしたものの、しかしそれでもその瞬間《しゅんかん》までキズナはどこかのんきに他人《ひと》ごとの気でいた。驚《おどろ》くべき事実であるのは確《たし》かだが、だからといって今すぐキズナの生活に何かしらの影《えい》響《きょう》を及ぼすようなこととも思えない。

代理人の次の台詞《せりふ》を聞く、その瞬間までは。

「キズナ、ウィリアムズチャイルド氏はあなたに、イギリスへ来て欲しいと言っています。イギリスに来て一緒に暮らしたいと。氏はあなたの将来のため、最良の環境《かんきょう》を用意する心づもりです。これはあなたにとってもよい話だと、わたしも考えます」

「……え？」

言葉を失ってキズナは代理人の顔を見た。青い瞳《ひとみ》の表層にははじめて会ったときと同じくどこか事務的な冷たい表情が張りついて、〝わたしも考えます〟という言葉とはうらはらに彼の私情はいっさい覗《のぞ》きみることができない。おかしな男だ。今のこの顔と電気街に狂喜するアイドルオタク外人と、どっちがこの男の本当の顔なのかわからない。

「あなたがあのホテルにいる意味がありますかと、わたしは訊《き》きました。しかしあなたから答えをもらえませんでした。つまりあなたがあのホテルにとどまる意味はない。ですから、キズナ……あなたがこの申し出を断る理由もないですね。そうでしょう?」

この用件をキズナに伝えることが、代理人の来日の第一の目的だったのだ。

タクシーで帰る代理人と別れ、電車を乗り継いで一人で帰った。一人になって頭の中を整理《せいり》したかったのだ。

いつもの駅から歓楽街《かんらくがい》を抜け、ホテル・ウィリアムズチャイルドバードへと向かう場末《ばすえ》の通りをポケットに両手を突っこみのろのろした足取りで歩いていた。代理人はタクシーでとっくに着いているだろう。

代理人は明後日《あさって》にはいったん帰国するが、遅くとも一カ月以内に返事が欲しいと言った。イギリス本国で病床《びょうしょう》に伏すウィリアムズチャイルド氏の容態は芳《かんば》しくなく、いつ危篤《きとく》になっても不思議《ふしぎ》がないという。キズナにはなるべく早いうちに渡英してウィリアムズチャイルド氏と会ってもらいたい。氏に子どもはなく妻にも先立たれており、ゆくゆくはキズナを養女に迎えて財産を譲《ゆず》りたいと考えている、と。

そう、憎たらしいことに、代理人はキズナにもうひとつ餌《えさ》を投げてよこしたのだ。

キズナがウィリアムズチャイルド氏の養女になることを承諾《しょうだく》すれば、氏の財産の一部であるホテル・ウィリアムズチャイルドバードがいずれキズナのものになる。そうすればキズナが望む限りホテル・ウィリアムズチャイルドバードを永遠に存続させることもできる。しかしキズナが氏の請《こ》いを拒《こば》み、氏の他界後に遺産《いさん》が分散するようなことになったら……極東《きょくとう》のちっぽけな島国のちっぽけな物件の行く末など保証してくれる者は誰《だれ》もいない。

つまりホテル・ウィリアムズチャイルドバードの存続と住人たちの身の振り方が、キズナの返答如何《いかん》にかかっているのだ。

汚い手口だ。しかし巧妙だと舌を巻くしかない。

夕闇《ゆうやみ》が深くなり、街角のネオンサインがぽつりぽつりと足もとに落ちる。黒光りする厚底ブーツが赤や紫などのけばけばしい、どこか疲れてくすんだ色に染められる。ホテルはもうすぐそこだ。しかし結局考えはまとまらないまま、ヤンロンズ・デリを過ぎたあたりから足取りは重くなる一方だった。

〝あなたがあのホテルにとどまる意味はない〟

他人に勝手に結論《けつろん》づけられるのは癪《しゃく》だが、確《たし》かにそのとおりではあるのだ。

家族もいない。学校にも行っていない。ストリートで遊んでいた友人たちとの交流もすでに途絶《とだ》えた。ここでこれからやりたいことがあるわけでもない。

それならば、病床《びょうしょう》にあって自分を養女に迎えたいと望んでくれる老人の気持ちに応《こた》えて、まったく知らない異国の土地で一からはじめてみたっていい。英語は達者ではないが体当たりでつきあうのは得意なほうである。向こうで得るものがあるかはまだわからないが、少なくともここで失うものは、今のキズナには何もない。

そして何よりも……。

どんなにゆっくり歩いてきてもやっぱり着いてしまった。あと七歩も歩いたらホテルの入り口だ。頭上を仰《あお》ぎ見るともうすぐ目の前に錆《さ》びた鳥籠《とりかご》を思わせる飾り格子がそびえたっている。鳥籠に沿って視線《しせん》をあげ、バルコニーがある階、五階の端の部屋——五四六号室の窓からくすんだ灯《あか》りが漏れているのを確認《かくにん》する。在室でも不在でも昼でも夜でも寝てても起きててもあの部屋の灯りはつけっぱなしなので部屋の住人が今何をしているのかはわからない。寝てるかもしれない。ベッドの上でヤンキー座りして壁《かべ》の絵を塗り重ねているかもしれない。眠たそうなつまらなそうな顔で、でも絵筆を持った彼の左手だけはとても熱心《ねっしん》に働いて。

立ちどまってしばらくのあいだ、そんな情景をありありと脳裏《のうり》に浮かべながら窓から漏れる灯りを見あげていた。

何よりも……。

あの部屋の灯りがもしも永遠に消えることになったら、本当にもう、自分がここにとどまる意味はない。

〈病棟にてII〉

僕の妻ですか？　ええ、妻はとても元気にしていますよ。今日もそろそろ見舞《みま》いに来る頃《ころ》ですよ。また新しいミステリイ小説のネタでも仕入れてくるんじゃないですかね。

知りあったのも何かの縁《えん》ですし、ぜひ妻に会ってやってください。いやあ、自慢《じまん》じゃないですが美人の妻でして。ただし妻が携《たずさ》えてくる見舞いの品には、たとえ勧められても決して口をつけないほうがいい。花の匂《にお》いを嗅《か》ぐのもやめておいたほうがいいですね。催涙《さいるい》ガスが仕こまれてたりしますから。点滴に異物を混入されたこともあったっけなあ。いやああれはさすがに気づくのが少し遅れたら死んでました。はっはっは。

まあそんなおちゃめなところをさっぴいても美しい妻です。ぜひあなたにもお目にかけたい。

え？　遠慮《えんりょ》しておく？　なんだ、人見知りする人ですねえ。

ああ、僕のほうが先に点滴が終わったようですね。

お先に失礼して病室に戻ることにします。

ところで本当に妻と会ってくれないんですか？　残念だなあ。

それではごきげんよう。早くご快癒《かいゆ》されることをお祈りしています。病院なんてそう長いこといるもんじゃないですからね。まあ僕はもう何十回も入退院を繰《く》り返してますが。

そうそう、もしよろしければ退院されてからでもあの建物を捜してみてください。もしかしたら案外あなたの住まいのすぐそばにあるかもしれません。心当たりがありませんか？　鳥籠《とりかご》に似た飾り格子を正面に持つ、七階建ての古めかしい西欧建築を。

何、さっきの話は作り話じゃないのかって？　そんな建物が現実にあるわけないって？

そうですね、まあ信じるか信じないかはあなたの自由ですが。

でも、もしも見つけてしまったら……。

おや、長話をしているうちに妻が来たようです。おーい、こっちだよ。あれ？　あなた、どこへ行くんですか？　急用を思いだした？　そんな点滴台担《かつ》いでまるで逃げるみたいに急いで行かなくても。おーい……。

行っちゃった。本当に残念だなあ。妻と会って欲しかったのに……。

ああ、たいへんだ、ひとつ忠告し忘れた。明日にでもあなたの病室に美味《おい》しそうなメロンが届いていたりしたら、くれぐれもご用心を……って、ま、もう遅いか。

ん？　いや、なんでもないよ、でくわした患者さんとちょっと話しこんでいただけさ。

今日は何を持ってきてくれたの？　菊の鉢植え？　やあ、病人に菊の花、しかも鉢植えだなんて相変わらず君のセンスは洒落《しゃれ》ているね。

さあ、病室に戻って紅茶でも淹《い》れよう。あ、紅茶は僕が淹れるから。君の手を煩《わずら》わせるようなことじゃない。うん、うん、君が淹れてくれる紅茶ももちろん大好きなんだけどね。でも君がこうして見舞《みま》いに来てくれるだけで僕はじゅうぶんありがたいから。見舞いの品なんかにも気を遣《つか》ってくれなくてかまわないからね。いや本当に。

だからほら、頼むから君は何もしないでそこに座っていておくれ。

君がそばで微笑《ほほえ》んでいてくれるだけで僕には何よりの幸せなんだ。

愛しているよ、へれん。

あとがき

しばらくごぶさたしておりました。壁井《かべい》ユカコです。「変」と「恋」をよく素で書き間違えます。この本の草稿《そうこう》を書いているときも何度も間違えましたがあとで読み返したときに意味がわかればいいのでその場では直さず、変が恋になったり恋が変になったりしたまま書き進めていました。

そんなわけで変と恋がいっぱいでてくる巻になりました。変人と恋人は紙一重《かみひとえ》、というのがこの『鳥籠荘《とりかごそう》』シリーズのテーマです（今思いついただけ）。挿話を含めて全五編《へん》ということでいつもより話数が多めです。いろんな変な人のいろんな変な話を書きました。どの話から読んでいただいてもだいたいなんとなく大丈夫かと思います。

なおご存知の方はすぐにわかったかと思いますが、第3話の題材になっている小説はスティーブン・キング著『ミザリー』です。この話を書くにあたって夜中の三時頃《ごろ》に仕事をしつつ横目で映画版を観《み》なおしていたらトイレに行くのが微妙《びみょう》に怖くなりました。深夜に一人で見るものじゃなかった……。

それにしてもこのシリーズは作者の偏《かたよ》った趣味《しゅみ》全開でかなり好きなようにやっている気がします。担当さんから最近ほとんど注文がつかないのが逆に不安です。何かこう、こういうほうが売れるよ！みたいなのはもっとないですか……。読者の皆さんに楽しんでいただけていたら幸いなのですが……。

ああそれと、お知らせをひとつ！『鳥籠荘《とりかごそう》』が漫画《まんが》になりました。アスキー・メディアワークス発行のガールズコミック誌コミックシルフにて二〇〇七年十二月より連載中です。描いてくださっているのは宝井理人《たからいりひと》さん。テクノサマタさんのラブリィテイストなイラストとはまた違った魅力溢《みりょくあふ》れるスタイリッシュでカッコイイ漫画になってますのでぜひぜひチェックしてみてください。『キーリ』に続いて二作目のコミカライズに恵まれました。ありがたすぎてどの方向にも足を向けて眠れません。足をたたんで丸まって寝てます。

前巻から時間がたったのでだいぶ前の話になってしまいますが、前巻のあとがきの後日談を少々。引越時に紛失した電気ポットと炊飯器《すいはんき》の電源コード、メーカーから取り寄せて購入《こうにゅう》できました。で、ポットのほうは磁石でぱちっとくっつくやつなのでなんの問題もなかったんですが、炊飯器のほう……これで飯が炊《た》けるぜイエーイとハイテンションで新しいコードを取りつけようと本体背面《はいめん》をあらためて見たら、…………コード、あった。生えてた。本体内部に巻き取り式だった……んだね……。三ヵ月以上気づかずに紛失したとばかり思ってた……。せっかく購入《こうにゅう》した約二千円の新コードは行き場を失って所在なげにしています。だいたいそんな感じでぼちぼちとローに生きております。あんまりがつがつと頑張《がんば》ってない感じでいられたらいいなあと思います。

ではでは、⑤巻で再びお目にかかれましたらとても嬉《うれ》しく思います。内容のほうはなんとなくクライマックスになってきました。願《ねが》わくはもうすこしのあいだ住人たちの行く末を見守ってやってください。

入居希望者も絶賛募集《ぼしゅうちゅう》中です。

壁井《かべい》ユカコ

◉壁井ユカコ著作リスト

「キーリ　死者たちは荒野に眠る」（電撃文庫）
「キーリII　砂の上の白い航跡」（同）
「キーリIII　惑星へ往く囚人たち」（同）

「キーリⅣ　長い夜は深淵のほとりで」（同）
「キーリⅤ　はじまりの白日の庭（上）」（同）
「キーリⅥ　はじまりの白日の庭（下）」（同）
「キーリⅦ　幽谷の風は吹きながら」（同）
「キーリⅧ　死者たちは荒野に永眠る（上）」（同）
「キーリⅨ　死者たちは荒野に永眠る（下）」（同）
「カスタム・チャイルド」（同）
「鳥籠荘の今日も眠たい住人たち①」（同）
「鳥籠荘の今日も眠たい住人たち②」（同）
「鳥籠荘の今日も眠たい住人たち③」（同）
「キーリ　WILD AND DANDELION」（電撃文庫ビジュアルノベル）
「NO CALL NO LIFE」（単行本・メディアワークス）
「イチゴミルク　ビターデイズ」（同）
「エンドロールまであと、」（ルルル文庫）
「エンドロールまであと、」（単行本・小学館）

本書に対するご意見、ご感想をお寄せください。

■

あて先

〒101-8305 東京都千代田区神田駿河台1-8 東京YWCA会館
アスキー・メディアワークス電撃文庫編集部
「壁井ユカコ先生」係
「テクノサマタ先生」係

■

電撃文庫

鳥籠荘《とりかごそう》の今日《きょう》も眠《ねむ》たい住人《じゅうにん》たち④

壁井《かべい》ユカコ

発行　二〇〇八年四月十日　初版発行

発行者　髙野　潔

発行所　株式会社アスキー・メディアワークス
〒一〇一-八三〇五　東京都千代田区神田駿河台一-八
東京YWCA会館
電話〇三-五二八一-五二〇七（編集）

発売元　株式会社角川グループパブリッシング
〒一〇二-八一七七　東京都千代田区富士見二-十三-三
電話〇三-三二三八-八六〇五（営業）

装丁者　荻窪裕司（META＋MANIERA）

印刷・製本　株式会社暁印刷

※本書は、法令に定めのある場合を除き、複製・複写することはできません。

※落丁・乱丁本はお取り替えいたします。購入された書店名を明記して、株式会社アスキー・メディアワークス生産管理部あてにお送りください。送料小社負担にてお取り替えいたします。但し、古書店で本書を購入されている場合はお取り替えできません。

※定価はカバーに表示してあります。

© 2008 YUKAKO KABEI

Printed in Japan

ISBN978-4-04-867013-5 C0193

電撃文庫創刊に際して

文庫は、我が国にとどまらず、世界の書籍の流れのなかで〝小さな巨人〟としての地位を築いてきた。古今東西の名著を、廉価で手に入りやすい形で提供してきたからこそ、人は文庫を自分の師として、また青春の想い出として、語りついできたのである。

その源を、文化的にはドイツのレクラム文庫に求めるにせよ、規模の上でイギリスのペンギンブックスに求めるにせよ、いま文庫は知識人の層の多様化に従って、ますますその意義を大きくしていると言ってよい。

文庫出版の意味するものは、激動の現代のみならず将来にわたって、大きくなることはあっても、小さくなることはないだろう。

「電撃文庫」は、そのように多様化した対象に応え、歴史に耐えうる作品を収録するのはもちろん、新しい世紀を迎えるにあたって、既成の枠をこえる新鮮で強烈なアイ・オープナーたりたい。

その特異さ故に、この存在は、かつて文庫がはじめて出版世界に登場したときと、同じ戸惑いを読書人に与えるかもしれない。

しかし、〈Changing Time, Changing Publishing〉時代は変わって、出版も変わる。時を重ねるなかで、精神の糧として、心の一隅を占めるものとして、次なる文化の担い手の若者たちに確かな評価を得られると信じて、ここに「電撃文庫」を出版する。

1993年6月10日

角川歴彦

電撃文庫

鳥籠荘の今日も眠たい住人たち①

壁井ユカコ
イラスト／テクノサマタ
ISBN4－8402－3605－4

今、見ているものが本当に現実だと言い切れるかい？　一度〈鳥籠荘〉の変わった住人たちに会ってみるといいよ。——壁井ユカコが描く新シリーズ第1弾。

か-10-11　1343

鳥籠荘の今日も眠たい住人たち②

壁井ユカコ
イラスト／テクノサマタ
ISBN978－4－8402－3727－7

〈鳥籠荘〉の住人に、もう会ったかい？　キズナ（絵のモデル）、有生（引篭り画家）、由起（女装趣味）他、変人多数のフシギなホテルで、あなたをお待ちしています。

か-10-12　1394

鳥籠荘の今日も眠たい住人たち③

壁井ユカコ
イラスト／テクノサマタ
ISBN978－4－8402－3935－6

奇妙な嵐の一夜。管理人さんの正体は？　着ぐるみパパの中身は？　さらに殺人事件が発生！　変人の住処〈鳥籠荘〉に、大騒動勃発——!?　キズナの恋は……？

か-10-13　1470

鳥籠荘の今日も眠たい住人たち④

壁井ユカコ
イラスト／テクノサマタ
ISBN978－4－04－867013－5

風変わりな人間ばかりが住んでいる〈鳥籠荘〉——今回は、浅井がキズナにモデルの解雇を通告、さらに鳥籠荘から住人立ち退きの噂が——など急展開の全5編を収録。

か-10-14　1576

カスタム・チャイルド

壁井ユカコ
イラスト／鈴木次郎
ISBN4－8402－3027－7

大学生の三嶋は、ヤバめな生体実験のバイトをしながら虚無的な日々を送っていたが、ある日目が覚めると、見知らぬ少女が部屋にいて……。書き下ろし長編。

か-10 -7　1085

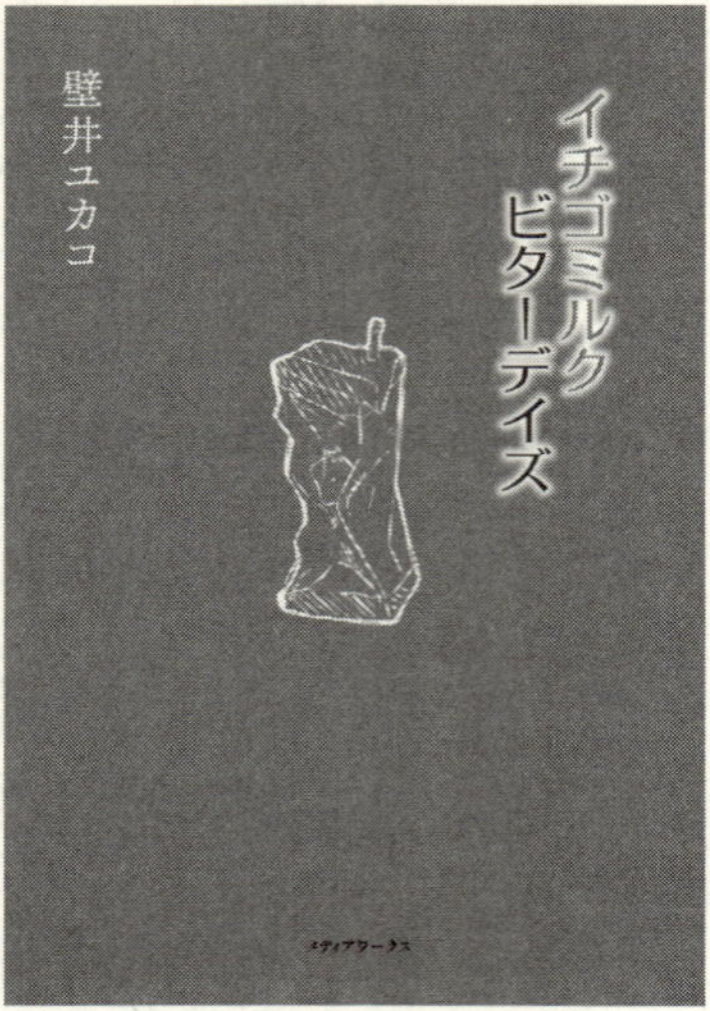

イチゴミルク ビターデイズ

**甘くて、苦くて、眩しい、
あの日のまま。
そんな夢みたいなこと、
あるわけない。**

ごく平凡な8畳ワンルームがわたしのお城。携帯ゲーム機の中で飼っている柴犬が同居人。しがないOL3年目。先輩のお小言と香水の悪臭を毎日食らい、人員整理によりリストラ寸前。腐れ縁の元カレがときどき生活費を無心にやってくる。これが憧れと希望を胸に地方から上京してきたわたしの東京生活の、なれの果て。そんなある日、高校時代の親友であり魔性の美少女であり、"強盗殺人犯"――鞠子が、3千万の札束と紫色のちっちゃい下着をトランクに詰めてわたしのマンションに転がり込んできた。17歳の"わたし"と24歳の"わたし"の日々が交錯する、青春のビフォー&アフターストーリー。

壁井ユカコ

四六判／ハードカバー
定価◯1470円

絶賛発売中！

※定価は税込(5%)です。

電撃の単行本

極上のエンターテインメント『図書館戦争』番外編シリーズ！

『図書館戦争』シリーズ4作で
描かれなかった図書館のその後を
描く新シリーズ!!

別冊 図書館戦争I

著／有川 浩　イラスト／徒花スクモ
定価:1,470円　※定価は税込(5%)です。

アニメ化御礼ベタ甘全開
スピンアウト・別冊シリーズ第1弾！
武闘派バカップル恋人期間の
紆余曲折アソート！

※恋愛成分が苦手な方はご健康のために
購入をお控えください。

電撃の単行本

電撃小説大賞

『ブギーポップは笑わない』（上遠野浩平）、
『灼眼のシャナ』（高橋弥七郎）、
『キーリ』（壁井ユカコ）、
『図書館戦争』（有川 浩）、
『狼と香辛料』（支倉凍砂）など、
時代の一線を疾る作家を送り出してきた
「電撃小説大賞」。
今年も既成概念を打ち破る作品を募集中！
ファンタジー、ミステリー、SFなどジャンルは不問。
新たな時代を創造する、
超弩級のエンターテイナーを目指せ!!

大賞＝正賞＋副賞100万円

金賞＝正賞＋副賞50万円

銀賞＝正賞＋副賞30万円

選評を送ります！

1次選考以上を通過した人に選評を送付します。
選考段階が上がれば、評価する編集者も増える！
そして、最終選考作の作者には必ず担当編集が
ついてアドバイスします！

※詳しい応募要項は「電撃」の各誌で。